LES CENDRES DE SEDNA

DE LA MÊME AUTEURE

L'Enfant sans visage. Novella.
  Montréal : XYZ, 2011.

Le Sabbat des éphémères. Recueil.
  Drummondville : Les Six brumes, 2013.

LES VILLAGES ASSOUPIS
  1. *Transtaïga*. Roman.
     Montréal : Marchand de feuilles, 2012.
  2. *L'Île aux naufrages*. Roman.
     Montréal : Marchand de feuilles, 2013.
  3. *Escalana*. Roman.
     Montréal : Marchand de feuilles, 2014.

LES CENDRES
DE SEDNA

ARIANE GÉLINAS

Illustration de couverture : ÉMILIE LÉGER

Photographie : FRÉDÉRICK DURAND

Distributeurs exclusifs :

Canada et États-Unis :
Messageries ADP
2315, rue de la Province
Longueuil (Québec) Canada
J4G 1G4
Téléphone : 450-640-1237
Télécopieur : 450-674-6237

France et autres pays :
Interforum Editis
Immeuble Paryseine
3, Allée de la Seine, 94854 Ivry Cedex
Tél. : 33 1 49 59 11 56/91
Télécopieur : 33 1 49 59 11 33
Service commande France Métropolitaine
Téléphone : 33 2 38 32 71 00
Télécopieur : 33 2 38 32 71 28
Service commandes Export-DOM-TOM
Télécopieur : 33 2 38 32 78 86
Internet : www.interforum.fr
Courriel : cdes-export@interforum.fr

Suisse :
Diffuseur : **Interforum Suisse S.A.**
Route André-Piller 33 A
Case postale 1701 Fribourg – Suisse
Téléphone : 41 26 460 80 60
Télécopieur : 41 26 460 80 68
Internet : www.interforumsuisse.ch
Courriel : office@interforumsuisse.ch
Distributeur : **OLF**
Z.I.3, Corminbœuf
P. O. Box 1152, CH-1701 Fribourg
Commandes :
Téléphone : 41 26 467 51 11
Télécopieur : 41 26 467 54 66
Courriel : information@olf.ch

Belgique et Luxembourg :
Interforum Editis S.A.
Fond Jean-Pâques, 6 1348 Louvain-la-Neuve
Téléphone : 32 10 42 03 20
Télécopieur : 32 10 41 20 24
Courriel : info@interforum.be

Pour toute information supplémentaire
LES ÉDITIONS ALIRE INC.
120, côte du Passage, Lévis (Qc) Canada G6V 5S9
Tél. : 418-835-4441   Télécopieur : 418-838-4443
Courriel : info@alire.com
Internet : www.alire.com

Les Éditions Alire inc. bénéficient des programmes d'aide à
l'édition du Conseil des Arts du Canada (CAC), du Fonds du
Livre du Canada (FLC) pour leurs activités d'édition, et du
Programme national de traduction pour l'édition du livre.
Les Éditions Alire inc. bénéficient aussi de l'aide de la Société de développement
des entreprises culturelles du Québec (SODEC) et du Gouvernement du Québec –
Programme de crédit d'impôt pour l'édition de livres – Gestion Sodec.

TABLE DES MATIÈRES

PREMIÈRE PARTIE

1873

1

Parmi les fissures de la pierre

Dissimulé dans l'ombre d'un îlot, Wilmard ne quittait pas Taliana du regard. Sa voisine se tenait debout sur un rocher semblable à un crâne de baleine surgi des eaux. D'un mouvement de la tête, elle sonda le crépuscule rougissant. Wilmard se tapit au fond de sa barque. Ce n'était pas la première fois qu'il épiait la jeune femme, séduisante mais hautaine. Lorsqu'il la croisait sur l'île Kanty, dans cet archipel de la Basse-Côte-Nord où quelques familles avaient élu domicile, Taliana se plaisait à lui faire sentir qu'il n'était encore à ses yeux qu'un adolescent. Pourtant, il ne souhaitait qu'exprimer cette ferveur imprécise qui bouillonnait en lui.

Un peu plus tôt, Wilmard était venu vérifier le contenu des casiers à homards, comme son père le lui avait demandé. Il s'était dit qu'il en profiterait pour ramasser de menus objets pour ses natures mortes : ossements, dents, écailles, pattes de crabes et d'oiseaux... Pendant de longues minutes, le jeune homme avait scruté les rochers de granit, semblables à des dômes, qui affleuraient à la surface et près desquels un phoque nageait. Si seulement il avait pensé à apporter son chevalet et pris le temps de disposer les éléments de sa nature morte parmi les fissures de la pierre ! Mais Wilmard avait abandonné toute intention artistique en découvrant sa voisine, seule sur cet îlot du golfe Saint-Laurent cinglé par les vents du large. Il ignorait comment elle s'était déplacée jusque-là : aucun bateau n'était amarré aux flancs du rocher. Probablement pas à la nage, considérant le climat rude, ponctué de tempêtes, que les habitants de la Côte avaient connu au cours de l'année. De surcroît, l'île Kanty, où la jeune femme travaillait comme domestique chez le vieux Nayati, se situait à quelques kilomètres. Cependant, l'eau alourdissait les vêtements de Taliana, plaqués contre son corps aux courbes prononcées.

Wilmard la vit secouer sa longue tresse brun cuivré. La natte ploya jusqu'au bas de son dos. Émoustillé, le jeune homme avala difficilement sa salive, incapable de détourner les yeux. Il s'imprégna des moindres détails de la silhouette de Taliana, attentif aux nuances et aux mouvements. Peut-être se déciderait-il enfin à réaliser son portrait.

Depuis qu'il avait étudié les beaux-arts au Séminaire, perfectionnant ainsi les bases que sa tante lui avait apprises, il rêvait de devenir célèbre avec ses natures mortes, qui sortaient de l'ordinaire. Il aimait brûler partiellement quelques-uns des objets qu'il exposait afin de les peindre, ainsi que laisser la fumée assombrir l'arrière-plan de ses toiles. Parfois, il utilisait même de la cendre pour parfaire ses effets. Mais l'an dernier, à la suite d'événements dramatiques, son père l'avait retiré de l'institution, malgré la bourse que le jeune homme touchait pour recevoir une formation de prêtre. Et comme Wilmard était de moins en moins certain de vouloir devenir religieux, sa foi fortement ébranlée par la tragédie familiale qui l'avait accablé, Anselme avait décidé que son fils exercerait, lui aussi, les métiers de pêcheur et de tonnelier.

De plus en plus excité, Wilmard lissa sa fine moustache en s'imaginant presser sa voisine contre une rangée de tonneaux tout juste assemblés. Il se remémora le couple qu'il avait jadis surpris dans une grange de son ancien village. Il avait toujours aimé observer à l'abri des regards. La respiration saccadée, Wilmard se concentra sur le drapé des habits de Taliana, sur sa robe marron moulée sur sa peau à la hauteur du ventre et des cuisses. Sans doute incommodée par le tissu humide, la jeune femme fit glisser le vêtement par-dessus sa tête, avant de le placer dans un renfoncement du rocher. Difficilement, Wilmard se retint à sa barque. Jamais jusqu'ici il n'avait pu espionner Taliana de si près.

Il aperçut, fébrile, les seins de sa voisine à la faveur des rayons effilés du couchant. Elle n'était plus vêtue que d'un jupon. Elle s'en départit gracieusement pendant que les vagues fouettaient la rive avec une férocité grandissante. Autour de l'affleurement rocheux, les remous augmentaient, formant par endroits des trombes bouillonnantes. D'amples gerbes d'eau jaillissaient à l'arrière de l'îlot. Allait-il devoir rentrer prématurément à cause d'une nouvelle tempête ?

Taliana leva les bras, puis les abaissa vers la mer. Des bruissements montèrent des profondeurs, assourdis par leur écrin aqueux. Le ressac se fissura, comme pendant les déplacements en groupe des loups-marins. Wilmard fronça les sourcils. Il se demanda si c'était sa voisine qui provoquait ce phénomène. À son étonnement, la jeune femme se mit à émettre un sifflement perçant. Il serra le rebord de l'embarcation. Il n'aurait pas cru possible qu'une gorge humaine puisse produire de telles sonorités. Peut-être était-ce l'un de ces chants qu'entonnaient parfois les Montagnais. Il avait appris dans les manuels du Séminaire qu'il existait plus de langues étrangères que l'esprit ne pouvait en mémoriser.

Sans cesser de siffler, Taliana s'allongea, entièrement nue, sur un filet étendu à l'extrémité du rocher. À l'horizon, le crépuscule déployait ses ultimes rayons sur les eaux cobalt. Laissant l'excitation triompher de l'incongruité de la situation, Wilmard repoussa les pans de son imperméable. D'une main, il effleura son pénis gonflé à travers son pantalon en peau de phoque. Tant bien que mal, il résista à l'envie de saisir le membre qui se distendait contre son bas-ventre.

Taliana arqua le bassin en direction du golfe, les jambes écartées. Les vagues continuaient de tressaillir autour de l'îlot. Certaines heurtèrent violemment la coque de l'embarcation de Wilmard. Taliana caressa son sexe à l'aide de sa main droite. Enduite de gouttelettes et lustrée par les dernières lueurs de la brunante, sa peau paraissait presque grise, moirée de reflets marins.

Obnubilé par sa voisine, le jeune homme réussit à s'asseoir au fond de sa barque. Taliana enfonça l'index de sa main gauche dans son sexe, bientôt suivi du majeur. Des sifflements feutrés fusèrent de plus belle de ses lèvres, à la manière d'un improbable langage. Le corps maculé de sueur, elle inclina la tête vers le fleuve. Les eaux s'ouvrirent brusquement, comme pour favoriser le passage d'un animal colossal.

Wilmard recula au fond de son embarcation, interdit. Il parvint à discerner un amas mouvant aux aspérités charbonneuses, qui s'approchait rapidement. Cela ne ressemblait à rien de ce qu'il connaissait... sauf peut-être à un filet auquel des débris marins se seraient accrochés. Toujours allongée, Taliana continuait de gémir. Sa chair semblait polie par des décennies d'érosion. L'amoncellement, en partie constitué de varech et de sédiments, escalada le rocher avant de s'immobiliser au-dessus d'elle. D'un mouvement caressant, il entortilla ses tiges mouillées autour des chevilles de la jeune femme. Puis il remonta jusqu'à ses cuisses.

Wilmard retint son souffle en se demandant ce qu'il voyait exactement : sans doute un animal marin inconnu, typique de la Côte, empêtré dans un complexe enchevêtrement d'algues. Avec un bruit spongieux, l'amas s'effilocha en une forme évoquant une corne de narval. Taliana massa son sexe avec une ferveur redoublée, la tête renversée. Les végétaux tanguèrent autour d'elle. Des plantes emmêlées, grises comme des cendres refroidies, s'incurvèrent sur sa poitrine. La voisine de Wilmard geignit de désir. Elle était saisissante ; il l'aurait volontiers peinte en teintes anthracite, saupoudrant son travail de débris consumés par les flammes. Et après, il l'aurait entraînée dans l'appentis.

Les remous s'amplifièrent autour du dôme de granit terni par la nuit imminente. L'amas se posa sur le corps de Taliana, une partie s'attardant sur sa gorge et sur ses épaules. En même temps, des matières disparates effleurèrent son sexe. Un premier anneau, de la largeur d'un poing, s'y engagea. Une nuée vermeille se confondit avec le varech. Elle s'éleva en torsades avant de retomber sur la pierre recouverte d'un filet. L'amoncellement avait-il blessé Taliana ? Le sang avait-il fusé, terrible, comme à Berthier ?

Wilmard ferma les yeux un instant pour chasser le souvenir de la bouche empourprée de son frère Barthélémy. Il entendit Taliana s'exprimer de nouveau dans cette langue inconnue composée en partie de sifflements. La sueur perla sur le front de Wilmard malgré le vent qui se déversait sur le golfe. Il s'étonna que Taliana ne semblât pas souffrir : au contraire, son corps s'arc-boutait sous les tiraillements du plaisir. Mais surtout, le jeune homme ne parvenait pas à s'arracher au singulier spectacle qu'elle donnait avec cet animal certainement pourvu, comme le lichen, d'une double nature.

La saillie d'algues emmêlées glissa plus avant dans le sexe de Taliana. Wilmard l'entendit geindre une nouvelle fois tandis que des gerbes végétales jaillissaient de sa chair.

Il se redressa dans son embarcation, dérouté, le sexe de plus en plus flasque. Les vagues rugirent, si véhémentes qu'il retomba lourdement sur le banc. Ses pieds heurtèrent les casiers à homards au fond desquels les crustacés s'agitaient. Quelques dents d'animaux et pattes de crabes ramassées pour ses natures mortes roulèrent sur le revêtement étanche.

Le visage crispé, Taliana continuait à distendre son sexe au gré des va-et-vient de l'amas de varech. Wilmard eut l'impression que l'amoncellement rapetissait, qu'il perdait une partie de sa substance. En se concentrant, il vit la corne hérissée *disparaître* à l'intérieur du bas-ventre de sa voisine. La jeune femme l'incorporait, centimètre par centimètre. Décontenancé, Wilmard distingua l'enchevêtrement annelé qui entrait en elle dans un long coulissement. Taliana émit une nouvelle série de sifflements, les yeux mi-clos. Des mammifères marins lui répondirent, projetant des trombes d'eau à la surface.

Wilmard pressa son imperméable contre ses côtes. Il se signa sans y réfléchir, en un vieux réflexe inculqué par ses études au Séminaire. Il se questionna sur la nature du rite sulfureux auquel il assistait, sur ce qu'il voyait *réellement*.

Sur le rocher en forme de tête de baleine, Taliana gisait dans le filet, sa poitrine se soulevant à intervalles réguliers. Ce qui restait de l'entrelacs de plantes aquatiques pendait à l'extérieur de son sexe. L'amas annelé se retira peu à peu. La jeune femme se recroquevilla sur le granit, désarticulée comme si ses membres étaient rompus. Cette fois,

Wilmard n'avait plus de doute : la domestique de Nayati était blessée. L'image sanglante de son frère surgit, implacable. Il ne laisserait pas…

Aussi vite que possible, Wilmard manœuvra le bateau en direction de l'affleurement. Ses doigts transis glissèrent sur le manche humide des rames.

Sur la pierre, Taliana hoquetait. Du liquide gicla de ses lèvres, puis se répandit sur son cou et sur les mailles du filet. Elle darda sur Wilmard un regard noir. Il se figea à mi-course. Sa barque dériva pendant quelques secondes. La jeune femme eut un sourire arrogant.

— Je savais que tu étais là, Wilmard.

— Mais… Mais que faisais-tu exactement ?

Taliana ignora sa question. Elle s'accroupit plutôt pour enfiler sa robe, une expression dédaigneuse sur les lèvres.

— Et je le savais les autres fois où tu m'épiais près de la maison, poursuivit-elle. Tu n'as jamais été subtil. Mais ce n'est pas toi qui m'intéresses. Hypoline, cependant…

Wilmard sentit les battements de son cœur se précipiter. Qu'est-ce que sa voisine pouvait bien vouloir à Hypoline ? Depuis que sa mère et celle de sa cousine étaient mortes par la faute de Barthélémy, ils avaient toujours veillé l'un sur l'autre.

— Je ne laisserai personne faire de mal à mon Hypoline, rétorqua-t-il, les poings serrés, encore troublé par la vision du varech qui allait et venait dans le sexe de Taliana.

— Je ne lui veux pas de mal, susurra la jeune femme. Au contraire. Elle pourrait bénéficier des mêmes avantages que moi.

Après s'être redressée, Taliana noua sa tresse cuivrée en une toque, puis enroula le filet comme un foulard autour de ses épaules. À grandes enjambées, elle gagna l'extrémité de l'îlot, percuté par les vagues, plus calmes, de la marée montante. Sans hésitation, elle introduisit entièrement son pied droit dans l'eau, froide même en juillet. Puis, sans que Wilmard ait le temps de rien ajouter, elle plongea, les bras arqués devant le visage.

Le jeune homme la regarda s'éloigner, médusé, dans les eaux mouvantes du Saint-Laurent. Après quelques secondes de tergiversation, il amarra sa barque près de l'affleurement rocheux. Son embarcation accostée, il aperçut Taliana, déjà à bonne distance, qui nageait en direction de l'île Kanty. Il la héla pour la forme, avant de lisser machinalement sa moustache en essayant de donner un sens à ce qu'il venait de voir.

Il inspecta les environs, circonspect. Sur la surface granuleuse, deux lignes parallèles rayaient le rocher, suintantes de sang frais. Wilmard recula, le champ de vision étréci par un bref vertige. Des rigoles rougies voilèrent brusquement ses rétines. Le jeune homme eut l'impression d'entendre le cri d'une baleine s'évanouir par-delà les îles. À la hâte, il regagna sa barque.

2

Depuis des siècles dans l'archipel

Wilmard s'étira sur sa couche inconfortable. Les rayons ambrés de l'aube filtraient par la fenêtre au-dessus de son lit, entouré de natures mortes grisâtres. Le jeune homme frotta son front douloureux. La nuit durant, il avait revu Taliana, ses contorsions sur le rocher, son sexe dans lequel s'enfonçaient des ombres drues. Entendu et réentendu sa voix aux inflexions sifflantes. En sueur, il avait lutté contre le malaise qui le tenaillait, mêlé à un désir diffus. Plus Wilmard y repensait, plus ses souvenirs lui semblaient improbables. Le vent avait agité le filet disposé sous la jeune femme de façon à le faire paraître vivant. À moins qu'elle n'ait pu l'animer elle-même avec quelques fils invisibles. Ou alors il avait surpris une forme de vie qu'il ne connaissait pas : le règne animal recelait des créatures incroyables. Forcément, la scène à laquelle il avait assisté pouvait s'expliquer par l'un des multiples phénomènes mystérieux qui régissaient le monde ; Damienne, la mère de sa cousine, aurait sans doute pu lui dire lequel. Elle lui avait d'ailleurs déjà parlé d'une science en vogue, le magnétisme.

Le jeune homme enfila des vêtements de travail tirés de sa commode. Les deux tiroirs du bas abritaient ce qu'il nommait son « ossuaire » à natures mortes. Il se racla la gorge pour dissiper le goût désagréable qui persistait sur sa langue. À cause de sa difficulté à dormir, il était le dernier habitant de la maison à se lever pour prendre part aux corvées de l'île Kanty. Son regard erra un instant sur la collection d'Hypoline, soigneusement rangée sur des tablettes au-dessus de sa couche. Les petits pots en verre remplis de terre de provenances diverses s'y alignaient, classés par coloris.

Il franchit le seuil de la maison construite par son père. Le vent qui fouettait le plus souvent l'île l'étreignit. Coiffé d'un chapeau en poils d'hermine qui ombrageait sa barbe sombre et voilait sa chevelure décimée, Anselme était assis près de l'entrée, une chique de tabac dans la bouche. L'armature d'un tonneau enflait entre ses bottes de caoutchouc. Anselme salua son fils d'un signe de tête taciturne. Depuis le drame, le père de Wilmard se réfugiait dans l'esclavage incessant du travail.

Non sans dextérité, Anselme manipulait les douves arrondies, placées les unes à côté des autres. Le tonnelier poserait ensuite les cercles de métal autour des planches courbées à la verticale, puis tracerait les rainures à l'intérieur du baril. Wilmard l'avait aidé à plusieurs reprises ces dernières semaines en songeant à son rêve flétri de devenir peintre dans la région de Charlevoix. De manier les pinceaux dans son atelier sous l'œil bienveillant d'Hypoline, qui aurait succédé à sa mère comme apothicaire. Elle aurait pu ouvrir une boutique près de ses quartiers, à Saint-Paul de la baie Saint-Paul. À la place, il construirait éventuellement sa propre maison sur l'île Kanty, pêcherait quand il ne serait pas en train d'exécuter avec Anselme une commande pour les marins. Se marierait possiblement avec une fille qui n'avait ni l'éclat de Taliana ni celui de sa chère Hypoline. Il réprima un soupir.

La voix de son père s'éleva.

— As-tu bien dormi ?

— Plus ou moins.

— Sois patient. Donne-toi le temps de vivre chaque saison une fois. Tu finiras par apprécier les îles. Surtout quand nous serons plus nombreux ici. Si la Compagnie de la Baie d'Hudson n'avait pas interdit d'habiter la Côte jusqu'en 1860, les choses seraient bien différentes… surtout avec la pêche qu'on peut faire à cette hauteur.

Wilmard hocha vaguement la tête, le regard tourné vers les quatre maisons aux bardeaux colorés qui s'accrochaient au sol granitique de l'île Kanty.

— Bientôt, tu ne penseras plus à Berthier ni au Séminaire, poursuivit son père. Et nous serons prospères. Les marins achèteront nos tonneaux quand ils remonteront le fleuve jusqu'ici.

— J'espère, chuchota Wilmard.

Il ne partageait pas l'enthousiasme de son père. L'existence était rude sur la Basse-Côte-Nord, loin des commodités et de la moindre route carrossable, à plus de mille deux cents kilomètres au nord-est de Québec. En même temps, le jeune homme comprenait la volonté d'Anselme de recommencer sa vie à neuf, à la suite des drames que leur famille avait vécus.

Wilmard passa une main dans ses cheveux, qui cascadaient jusqu'en haut de ses épaules. Puis il descendit la colline où leur maison était perchée. Ses bottes heurtèrent le tapis de lichen d'un blanc verdâtre, émaillé de petits fruits aux couleurs vives, qu'il avait souvent cueillis pour sa cousine. Des éminences rocheuses saillaient çà et là parmi la végétation étrillée par les vents marins. Un peu plus loin, il vit qu'Hypoline avait commencé à tracer les contours d'un potager, dans lequel elle arrachait les mauvaises herbes à mains nues. À tout le moins, il était possible de creuser la terre meuble de l'île Kanty, contrairement à l'île Providence, plus centrale mais rocailleuse à l'excès.

Wilmard s'approcha de sa cousine avec un sourire, heureux de la revoir. Elle lui tournait le dos, son bonnet de coton enfoncé à la hâte sur sa chevelure rousse comme la sienne, bien que celle d'Hypoline fût traversée de mèches châtaines. Les bourrasques secouaient sa large robe cuivrée, retenue à la taille par une boucle lâche. Un instant, il admira le naturel de la posture d'Hypoline, presque aussi grande que lui, mais plus robuste alors qu'il était élancé. Elle aimait tant travailler la terre et possédait un rare talent pour faire croître les plantes et en extraire les essences bienfaisantes.

— La terre est bonne ? l'interpella-t-il.

Hypoline se retourna précipitamment, le teint blême. Ses yeux verts, plus pers que ceux de son cousin, se dérobèrent, dépourvus de leur éclat habituel.

— Je... À vrai dire, non. Je viens de trouver des ossements.

Wilmard écarquilla les yeux. À entendre sa cousine, il ne s'agissait visiblement pas de fragments épars comme ceux qu'il recueillait pour son ossuaire et ses natures mortes. Il entoura les épaules d'Hypoline :

— Comme ceux de l'hiver passé, près de l'île du Grand Rigolet ?

— Non. Beaucoup plus étranges. Et anciens. Mais c'est surtout ce que Taliana m'a dit qui m'a effrayée. Elle est venue me voir avant que tu arrives. Elle essaie de fraterniser avec moi depuis quelques jours. Elle m'incommode, Wilmard, je ne sais pas pourquoi. En plus, elle m'a dit qu'elle allait revenir avec Adalie...

Le jeune homme revit sa voisine allongée sur l'îlot en forme de crâne de baleine, les cuisses écartées. La chaleur lui monta à la tête. Il baissa les yeux pour tenter de dissimuler son inconfort.

— Et qu'est-ce que Taliana t'a dit ?

Hypoline se mordit les lèvres.

— Plusieurs choses incroyables. Entre autres que j'avais un rôle à jouer dans ce qui se préparait. Un rôle de servante assez particulier. Que le moment était venu pour les forces qui vivent dans l'archipel depuis des siècles.

— Des « forces » ? Je ne comprends pas...

— Tu sais que le vieux Nayati et ses domestiques ont toujours eu des croyances et des habitudes curieuses... Taliana m'a dit que la Côte n'avait pas évolué comme le reste du continent. Ce serait pour cette raison que les premiers explorateurs qui ont navigué sur le fleuve auraient d'instinct préféré poursuivre leur route vers Québec sans la coloniser. Comme si… Comme si cette région n'*existait* pas. Et ça expliquerait, selon elle, pourquoi peu de gens avant nous se sont établis ici de manière durable. Les premiers propriétaires terriens auraient senti que, pour demeurer dans l'archipel, il fallait payer un lourd tribut. Que cet endroit ne leur appartenait pas. Taliana a aussi évoqué, quand elle a vu le squelette, une peuplade d'hommes-oiseaux qui auraient jadis vécu dans les montagnes, loin à l'intérieur des terres. Tu imagines, Wilmard : des hommes-oiseaux !

— Il ne faut pas te faire de bile avec les histoires de Taliana, Hypoline. Tu sais comme moi que Nayati et ses domestiques confondent les légendes et la réalité. Les Marcoux m'ont déjà raconté que Nayati faisait même des expériences scientifiques dans un genre de laboratoire souterrain. Il passerait entre autres des heures immergé dans une cuve d'eau saline remplie de mollusques et de coquillages, prétendument dans un but médicinal…

— Quand même… murmura Hypoline, le squelette est bel et bien là, dans le potager. Et le pire, c'est qu'il… qu'il ne semble pas complètement humain.

Hypoline invita son cousin à la suivre jusqu'à un monticule fraîchement labouré, aux abords d'une fosse peu profonde. Une odeur terreuse monta au nez de Wilmard. Attirés par les racines récemment exhumées, quelques moustiques, que le vent n'avait pas réussi à chasser, bourdonnaient au-dessus d'ossements jaunis. Le squelette évoquait un hybride d'homme et de rapace. Les os des doigts et des orteils paraissaient soudés, les fémurs s'incurvant à l'intérieur du corps. Wilmard s'étonna de la forme humaine de la mâchoire. Sous les restes, un éclat tremblotait, semblable au soleil réfléchi par un tesson de verre au fond du crâne. Le jeune homme recula, pressant sa cousine contre son torse.

— Je te l'avais dit, chuchota Hypoline, le visage grave.

— Et tu n'es pas allée chercher mon père pour le lui montrer ?

— J'allais le faire quand tu es arrivé.

Des voix interrompirent leur observation. Wilmard et Hypoline rompirent leur étreinte. Taliana et la seconde domestique de Nayati, Adalie, dévalaient le chemin qui reliait les quatre maisons de la colline d'en face. En les rejoignant, Taliana jeta un regard défiant à Wilmard. Le jeune homme ne put s'empêcher de détourner les yeux. Était-elle vraiment rentrée à la nage, la nuit précédente, sa robe pressée sur ses courbes pleines ? La peau de sa voisine semblait trop lisse, comme si le soleil la faisait chatoyer. Wilmard tenta d'ignorer son attitude provocante, de ne pas s'attarder sur son corset lacé trop serré, taché de cire.

Les domestiques de Nayati marchèrent jusqu'à la fosse. Adalie palpa les racines, fascinée par leurs formes insolites. À côté d'elle, Taliana plongea la main vers l'éclat qui scintillait. Elle extirpa un pendentif par l'une des orbites. De la poussière macula sa paume de parcelles de lumière. Ses ongles grattèrent les derniers grains de sable accrochés au bijou étincelant. Elle se tourna vers la cousine de Wilmard.

— Pourquoi tu ne le porterais pas ? suggéra-t-elle en couvant Hypoline d'un regard intéressé. Ce bijou vient de loin. Et il a le même grain brillant que ta peau, tu ne trouves pas ?

Adalie, qui avait toujours vécu dans l'ombre de Taliana, opina de la tête en arrachant des morceaux de racines, qu'elle glissa dans son tablier. Ses cheveux noirs bouclés ombragèrent son visage fin, sans grand relief, où seules ses lèvres peintes en violet se détachaient.

Hypoline protesta. Elle était toutefois incapable de détourner les yeux du pendentif, qui étincelait de toutes parts.

— Tu… tu oublies où tu l'as trouvé, bafouilla-t-elle. Sur un mort. Mais… mais c'est vrai qu'il a un éclat intéressant. Un éclat que je crois avoir déjà vu quelque part. Cependant…

Sans prévenir, Taliana bondit vers la cousine de Wilmard pour passer le collier autour de son cou potelé. La jeune femme cria de surprise. Ses mains se portèrent à sa gorge pour tenter d'enlever le pendentif, mais Taliana avait réussi à refermer l'attache, qui se coinça dans les cheveux d'Hypoline. Wilmard se dépêcha de venir à l'aide de sa cousine en relevant sa chevelure épaisse. En pestant, il essaya de détacher le fermoir usé, qui résista.

— Il… il dégage une chaleur bizarre, dit Hypoline. Bizarre, mais… mais pas désagréable.

Taliana lui sourit, puis tourna la tête vers Wilmard. Ses cheveux bougèrent à cet instant, dévoilant sa gorge. Le jeune homme se tendit, alors que ses doigts tentaient toujours d'ouvrir le fermoir récalcitrant. Sur la peau bronzée de Taliana, une coupure récente, tracée à la verticale, naissait près de la mâchoire pour s'interrompre à la jonction de l'épaule. Wilmard crut apercevoir une plaie identique de l'autre côté de la gorge de la jeune femme. La blessure lui rappela les sillons en V des baleines à bec ou les branchies d'un poisson. Il délaissa le fermoir pour s'approcher de Taliana afin d'examiner l'entaille de plus près, mais la domestique s'écarta.

Brusquement, elle se tourna vers la maison de Nayati, comme si elle avait perçu une présence. Wilmard fit de même et aperçut dans l'entre-bâillement de la porte le vieillard. Malgré la distance, il était clair qu'il sommait à grands gestes ses deux servantes de le rejoindre. Peut-être pour l'assister dans l'une de ses prétendues expériences ?

Taliana et Adalie s'éclipsèrent aussitôt, non sans avoir adressé un sourire avenant à Hypoline. Wilmard serra les poings en se demandant ce que signifiaient les lacérations de la jeune femme. Il était convaincu que sa voisine ne les avait pas la veille, lorsqu'il l'avait espionnée.

Troublé, il regarda Taliana et Adalie louvoyer entre les affleurements rocheux de l'île Kanty. Hypoline avait cessé de tirer sur le pendentif, mais ses mains caressaient la parure brillante. Dans sa fosse, l'homme-oiseau paraissait les épier, la gueule ouverte sur ses dents oblongues. Wilmard alla chercher Anselme d'un pas incertain pour lui montrer la trouvaille de sa cousine. Il lui demanderait en même temps son avis sur le collier.

Mémoires de Wilmard Boudreau

3 juillet

Un curieux songe m'a soufflé la nuit dernière d'écrire ces mémoires. Verba volant, scripta manent. *En temps ordinaire, j'accorde peu de crédit aux rêves, mais une persistante sensation de malaise me taraude depuis. Je crains fort qu'un nouveau malheur ne se prépare.*

Taliana se dressait devant moi dans mon cauchemar, les cheveux nattés en torsades sur ses oreilles blanches comme l'albâtre. Des torrents de sang fusaient des profondes plaies sur sa gorge, mus par une vie propre. Elle tenait un grimoire, semblable aux vieux ouvrages que consultait ma tante Damienne, issue d'une lignée érudite de mère en fille. Sur la page couverture, des gouttelettes pourpres traçaient d'indéchiffrables hiéroglyphes.

De suite, le sol s'est fissuré sous ses pieds et l'a entraînée dans une interminable chute. Dans la fosse où elle était tombée, l'homme-oiseau agitait désespérément ses ailes éclopées. Un long hurlement a franchi ma gorge. Je me suis éveillé en nage, ne parvenant à recouvrer mon calme qu'en écoutant les lentes inspirations d'Hypoline et de mon père, assoupis dans les lits attenants. Une éternité durant, j'avais cru me trouver dans mon ancienne chambre.

Si seulement mon frère Barthélémy n'avait pas eu le malheur de naître, les miens seraient demeurés à Berthier, où j'ai vu le jour voilà seize ans. Point de doute que ce village de travailleurs de la terre m'a souvent paru sans grand éclat, sauf peut-être cette inoubliable nuit où le feu ravagea les champs voisins! Il est vrai que je rêvais, jeune séminariste, de créer des toiles comme celles de Théophile Hamel et d'Antoine Plamondon. Je tiens mon amour du troisième art de ma tante Damienne, qui adjoignait parfois de la poussière de pierre à ses pigments lorsqu'elle peignait. C'est ma parente qui m'a encouragé à incorporer la fumée et la cendre à mes créations. Mais sans doute n'était-ce pas là mon destin.

Des six premières années de ma vie, je garde le souvenir de l'atelier de tonnellerie de mon père, où ma cousine Hypoline, de qui j'étais inséparable, m'accompagnait de temps à autre dans nos jeux d'enfants. Fille de Damienne et d'un amant de passage, Hypoline était d'un an ma cadette. La monotonie façonnait notre existence : seules les incartades d'Octavine, ma mère volage, rompaient le cours prévisible des jours. Au fait de ses comportements, mon père se tenait coi. Il en reste qu'il refusa de reconnaître Barthélémy en tant que fils légitime, persuadé que cet enfant adultérin ne pouvait que jeter l'opprobre sur les siens. Nolens, volens. Hélas, les circonstances allaient lui donner raison.

Enfant aux volontés changeantes, plus laid que nature, Barthélémy était d'une gloutonnerie excessive. Ma tante Damienne, qui avait étudié la science des apothicaires, maintenait qu'il était l'hôte d'incessants cauchemars. Ce disant, elle usait de ses connaissances occultes, transmises en partie à sa fille, afin d'oindre le bambin d'un onguent de sa composition. La pommade devait arrêter le cours de ses songes néfastes. Je la vis souvent préparer une mixtion à base de graisse d'ours, de sauge et de rosée. Mais les cauchemars accablaient de plus belle l'enfant, dont ils infestaient l'esprit retors.

Jamais mon frère cadet ne se complut dans autre chose que la malveillance et les tourments de ses semblables. Chaque fois que le malheur frappait, il faisait le guet dans l'ombre en trépignant d'impatience.

Il y avait aussi sa croissance, d'une rapidité et d'une fulgurance qui prenait des proportions démesurées. Cependant ma mère l'aimait; le plus souvent, elle le soustrayait à l'indiscrétion de nos regards. Il vint un temps où elle ne se consacra plus qu'à lui, sourde aux remontrances de sa belle-sœur. Flanquée d'Hypoline, la sœur de mon père venait prêter main-forte à l'atelier de tonnellerie, ne désespérant point de concocter un remède pour freiner les esclandres de Barthélémy. Elle tenait de surcroît le ménage que ma mère négligeait: des heures durant, Octavine se réfugiait dans l'obscurité, incapable de détacher son regard du moïse de l'enfant.

Point de doute qu'un événement tragique devait se produire et pousser les nôtres vers un funeste

destin. Barthélémy était âgé de trois ans à l'époque
où j'en comptais quinze. J'avais du mal à souffrir
ce frère qui avait affreusement grandi : sa tête,
lourde et constamment tendue par un sourire sar-
donique, avait pris des dimensions effrayantes.

Le soir fatidique, je revenais du Séminaire pour
les vacances estivales, incertain de vouloir y poursuivre mes études. La fenêtre de la chambre que
partageaient Hypoline et Damienne était ouverte.
Malgré l'âge de son fils cadet, ma mère s'entêtait à
le nourrir au sein. Alors, nous entendîmes des cris
provenant de la chambre de Barthélémy. Damienne
se leva avec précipitation, comme si elle attendait
ce dénouement depuis un nombre incalculable de
mois. Hypoline et moi la suivîmes ; ma marraine
nous empêcha de l'accompagner dans la pièce aux
tentures obscurcies, dont elle verrouilla la porte.
Les hurlements de Damienne percèrent la nuit.
Après avoir serré Hypoline contre ma poitrine, je
l'envoyai quérir mon père, qui œuvrait ce soir-là
à une importante commande. Les cris, stridents,
continuèrent à retentir. Je me propulsai contre la
porte dans une tentative pour la défoncer. En vain.

À l'aide de l'une de ses clefs, Anselme déverrouilla enfin la porte, sous laquelle croissait une
mare pourpre aux reflets fangeux. Hypoline resta
dans le couloir, à demi catatonique, comme lors
des crises de somnambulisme qui avaient peuplé
son enfance. Avant que mon père ne me pousse
précipitamment à l'extérieur de la chambre, j'eus le
temps de voir le corps inerte de ma mère avachi
sur une chaise couverte de sang. En place du cœur,
une béance s'ouvrait sur sa poitrine cramoisie.

J'eus le réflexe de me signer, jusqu'à ce que je me dise que Dieu ne pouvait exister pour permettre une telle boucherie. Jamais je n'oublierai la vision de la bouche de Barthélémy, souillée de chair en lambeaux ; selon toute apparence, mon frère, perpétuellement affamé, avait souhaité retourner dans le sein maternel.

Je présume qu'il avait ensuite serré la gorge de ma marraine entre ses larges mâchoires. Pour se défendre, Damienne l'avait étranglé gauchement avec les forces qui lui restaient. Les trois cadavres gisaient dans la chambre à l'atmosphère accablante.

Au cours des pénibles obsèques qui eurent lieu au cimetière de Berthier, j'entendis à quelques reprises des commères proférer le mot « cambion ». Je trouvai par la suite, en consultant une encyclopédie dans un cabinet de lecture, la description de ce terme, qui désigne les enfants malfaisants nés d'un accouplement avec le démon. Certains autres convives, enclins aux racontars, arguaient que ma tante sorcière avait été punie pour ses méfaits.

Un an après le drame, je m'interroge encore sur ce qui s'est tramé lors de cette épouvantable nuit. Aussi ne puis-je m'empêcher de me demander ce qu'il serait advenu des miens si nous n'avions point quitté Berthier pour la Basse-Côte-Nord, terra incognita, *si nous n'avions point suivi le conseil de Kermel, le meilleur ami de mon père, et abordé un ailleurs où l'absolution devenait possible.*

3

Natures mortes

Wilmard prit place dans la barque pour une journée de labeur, déterminé à montrer sa bonne foi à son père. Ce n'est pas parce qu'il était tracassé qu'il ne devait pas l'aider. Assis à l'avant, Anselme, engoncé dans une veste à carreaux, dirigeait l'embarcation vers le littoral. En face des îles, la lisière d'une forêt s'étendait sur le continent. Le jeune homme se concentra sur le mouvement des rames, qui glissaient sur la surface lisse. Il y avait quelques semaines que les marées n'avaient été à ce point dociles : c'était un temps idéal pour aborder la côte. Patiemment, les rames de Wilmard et de son père trouaient le liquide, sur lequel ricochaient les rayons incurvés du soleil.

Anselme manœuvra le bateau entre les échancrures rocailleuses, tachetées de fossiles. Si Wilmard avait été seul, il se serait volontiers arrêté pour en cueillir. Mais ce n'était pas le moment de remettre à plus tard les corvées.

Peu à peu, l'îlot en forme de tête de baleine rapetissa derrière l'horizon. La barque contourna l'île de la Passe, puis bifurqua vers le centre des affleurements de granit où s'accrochaient, comme des serres d'oiseaux de proie, de rares maisons de pêcheurs. Les doigts de Wilmard se comprimèrent sur les rames lorsqu'il revit en pensée l'homme-oiseau dans sa tombe, sa mâchoire tendue vers Hypoline et lui. Et le pendentif que sa cousine refusait désormais d'enlever…

— Faut pas te tourmenter avec le squelette du potager, murmura Anselme d'une voix mâtinée de brise. C'est sans doute qu'un pauvre homme venu jadis mourir sur l'île. Un pauvre homme né déformé, comme la nature en crée parfois.

Wilmard n'ajouta rien, peu convaincu par l'hypothèse de son père. Dans une foire ambulante qui s'était arrêtée à Berthier, il avait déjà aperçu des individus dont l'apparence défiait l'entendement, mais un homme-oiseau?

Après un instant de silence, Anselme changea de sujet.

— Kermel avait raison de dire que nous serions tranquilles ici et que j'y trouverais tout ce dont j'avais besoin pour fabriquer des tonneaux, affirma-t-il en désignant les bouleaux qui croissaient à l'abri dans cette baie, visiblement plantés par les autochtones. Cet endroit est un secret bien gardé…

Wilmard acquiesça, songeur. Le souvenir du meilleur ami de son père, client occasionnel de la tonnellerie, s'imposa à son esprit. La vie aventureuse du marchand ambulant, vaguement coureur des bois, les faisait rêver, Hypoline et lui, lorsqu'ils étaient enfants. Sa cousine avait même longtemps entretenu l'espoir que Kermel soit son père. Celui-ci avait arpenté une partie du Québec, été comme hiver, cohabitant parfois avec les Micmacs et les

Montagnais. Il disait en blaguant que sa constitution ne lui permettait pas de s'arrêter plus de quelques jours à un endroit. Que son caractère volatil était inscrit dans ses veines. Quelques semaines après le triple drame, Kermel avait suggéré à son ami de déménager sur la Côte. Anselme ne supportait plus les racontars des villageois, qui ressassaient les infidélités de son épouse. Il les entendait chuchoter sur son passage qu'elle avait été châtiée comme il se doit pour ses outrages. Il s'était donc laissé convaincre de devenir l'un des pionniers de cette région peu explorée où les colons jouissaient d'une grande liberté. Selon Kermel, les bâtisseurs y subsistaient simplement de la chasse et de la pêche. Lui-même, y ayant éprouvé une étonnante sérénité, avait envisagé un temps d'y construire une habitation permanente. Il avait promis de leur rendre visite le printemps prochain. Tiendrait-il parole ? Ou serait-il prisonnier des glaces de la baie d'Ungava, vers lesquelles il se dirigeait lors de sa dernière expédition ?

Wilmard chassa ses appréhensions et s'obligea à se montrer enthousiaste envers son père. Il donna de vigoureux coups de rames afin de les rapprocher de la grève. Ils abordèrent la rive par le bâbord de la barque, au gré des caprices du ressac.

— Un jour, il faudra construire un quai ici, reprit Anselme en farfouillant dans sa barbe. Ce serait un bon emplacement pour un village d'hiver. Et ce serait commode de se rapprocher du bois pendant la saison froide.

Wilmard considéra la côte où les arbres croissaient à intervalles réguliers. Leur tronc perpendiculaire paraissait presque irréel.

— Tu as déjà vu du bois droit comme ça ? demanda-t-il.

— Jamais. Mais Kermel dit en avoir vu dans la région de Mutton Bay, en descendant la côte.

Intrigué, le jeune homme palpa un tronc imposant. L'écorce, très douce, était lisse comme l'intérieur des coquilles de mollusques qu'il avait l'habitude de ramasser. La surprise passée, il sortit une hache rangée sous le banc arrière de la barque. N'osant pas attaquer l'écorce, il tendit l'outil à son père.

— C'est bien différent, concéda Anselme, couper du bois, de ce que tu faisais au Séminaire. Tu finiras par t'y habituer, mon gars. Tu peux pas passer ton temps à lire et à peindre… Surtout si t'as pas la vocation. Mais si tu veux, nous pourrons te garder quelques lanières d'écorce pour que tu puisses peindre dessus avec de l'encre de calmar.

Wilmard soupira en lissant machinalement sa moustache. Même si son père montrait de la bonne volonté, il ne mesurait pas à quel point ses efforts ne correspondaient pas aux visées artistiques de son fils. À tout le moins, le jeune homme n'avait pas fini d'explorer les possibilités offertes par l'encre de calmar et il pourrait faire quelques tentatives avec les résidus de cendres du fourneau.

Anselme essaya d'être compatissant :

— De toute façon, il faut bien que quelqu'un s'occupe de ramasser le bois d'allumage.

Le jeune homme opina de la tête avant de s'éloigner à grandes enjambées pour s'atteler à cette tâche. Aussi bien commencer dès maintenant.

La forêt l'entoura de sa forteresse vivante. Il poursuivit son avancée en réfléchissant à l'histoire d'homme-oiseau que Taliana avait racontée à Hypoline. Aux forces hostiles qui habitaient prétendument la Côte depuis des siècles. Était-il possible que le mal rôdât en périphérie de l'île Kanty ? L'image de son frère, qui déchiquetait le sein maternel, se superposa à la vision des maisons de l'archipel.

Wilmard serra les mâchoires. S'obligea à entreprendre sa tâche. Il se pencha pour ramasser les branches qui tapissaient le sous-bois et fut saisi par le silence qui inondait l'endroit. Hormis les coups de hache réguliers de son père, le calme était tel qu'il avait l'impression d'évoluer dans un décor pétrifié, immense nature morte dénuée de tout oiseau et mammifère. Il entendait à peine sa propre respiration sous la voûte feutrée ; pourtant, l'atmosphère possédait une limpidité qu'il n'avait jamais perçue auparavant. Le son ne se propageait-il pas mieux en général dans l'air pur ? Cette quiétude était presque surnaturelle, trop parfaite pour provenir du monde tangible.

En poursuivant son travail, le jeune homme écouta le bruit de ses pas sur les branches cassantes. Après quelques minutes, il en avait déjà rassemblé plusieurs. À l'orée de la forêt, les eaux changeantes du Saint-Laurent miroitaient entre les troncs, comme si elles cherchaient à noyer la baie. Il se demanda si c'était bien un amoncellement de bois échoué qu'il apercevait plus loin. Il y trouverait probablement de nouvelles pièces pour étoffer son ossuaire.

Wilmard chemina vers le rivage, gagné par la curiosité. Une odeur se faufila jusqu'à ses narines,

vague mélange d'huile à lampe et de viande ava-
riée. Un animal, oiseau ou poisson rejeté après un
séjour dans les eaux troubles de l'estuaire, était
sûrement venu mourir sur les battures.

Prudent, Wilmard s'avança sur les rochers parsemés de débris expulsés par la marée montante.
Le remugle devint plus puissant, charrié par la brise.
De toute évidence, l'odeur ne pouvait pas provenir
d'un cadavre de petite taille. En grimaçant, Wilmard
déposa son fardeau dans un renfoncement formé par
deux rochers. Il porta une main à son nez. Une
substance graisseuse s'étalait à ses pieds, enduisant
les récifs d'une pellicule glissante. Il lui faudrait
faire attention de ne pas tomber.

Quelques mètres en contrebas, il distingua finalement la carcasse. Le corps d'une immense baleine, que les habitants de l'île Kanty n'avaient pas
souvent l'occasion de voir. Le mammifère marin
pourrait leur fournir de l'huile pendant des semaines.
Son père serait fier de sa trouvaille.

Wilmard progressa un peu plus sur les rochers.
Des pierres polies roulaient sous la semelle de
ses bottes de caoutchouc. Il prit soudainement
conscience qu'il n'entendait plus le martèlement de
la hache. S'était-il éloigné à ce point ? Du revers
de la main, il essuya la sueur qui affleurait sur son
front. Les bras tendus pour se maintenir en équilibre, il rejoignit la carcasse.

La baleine était affalée sur le flanc droit. Les
goélands avaient fouaillé son crâne et les trois
rangées d'excroissances de sa tête. Un liquide
poisseux s'était répandu sur les récifs pendant que
les volatiles agrandissaient les plaies. Pour une

raison inexplicable, les oiseaux avaient abandonné la dépouille en plein festin ; peut-être avaient-ils été surpris par un prédateur.

Wilmard s'approcha autant que possible de l'animal, qui ne ressemblait en rien au marsouin qu'Anselme et lui avaient trouvé le printemps dernier, échoué sur la rive caillouteuse de l'île Providence. Il lui rappelait plutôt, sans qu'il comprenne exactement pourquoi, le cadavre de cet homme qu'Hypoline et lui avaient vu l'hiver passé dans les glaces de l'île du Grand Rigolet.

Il frémit. Lacéré de larges plaies, le ventre blanchâtre de la baleine, tacheté de noir, béait. Des pierres semblables à celles des tertres funéraires s'en étaient déversées. Des fils rompus saillaient des pourtours de l'ouverture, comme s'ils s'étaient cassés sous le poids d'un chargement improbable.

Troublé, Wilmard remua quelques pierres, barbouillées de terre pour certaines. L'odeur lui paraissait à présent un peu moins fétide, lui rappelant un peu les jardins d'Hypoline. Celui qu'elle avait à Berthier, composé de fleurs et d'herbes aux propriétés médicinales multiples, était magnifique, vaste et coloré.

Le jeune homme fit dégringoler un nouvel amas, qui s'affaissa à ses côtés. Il bondit pour éviter l'éboulement. Des taches piquetaient plusieurs des roches, tels les œufs de certains oiseaux marins, donnant l'impression qu'un peintre avait pris le temps de les décorer une par une. Wilmard poursuivit ses fouilles fébrilement. Un dôme métallique étanche se découvrit, sur lequel des miniatures de mammifères marins étaient sculptées. Le jeune homme se demanda par quel prodige une telle structure s'était trouvée à l'intérieur même du ventre de la baleine. Existait-il un rite autochtone au cours duquel les mammifères marins étaient capitonnés de roches après leur trépas ? Ou se pouvait-il que ces derniers soient transformés en une sorte de cercueils flottants ?

Le jeune homme s'éloigna de la carcasse, interdit. Ses pieds dérapèrent soudain sur les galets éclaboussés d'huile. Il peina à garder son équilibre. La mer, qui montait, dispersait déjà quelques roches tavelées de sang.

À pas rapides mais prudents, Wilmard retourna vers la lisière des arbres. Il devait informer Anselme de sa trouvaille. L'interroger sur un improbable cimetière marin situé en Basse-Côte-Nord. Les baleines mortes coulaient habituellement dans les profondeurs du golfe ; les spécimens échoués sur le rivage demeuraient par conséquent assez rares. Et ce dôme incrusté dans le ventre de l'animal l'intriguait d'autant plus.

Wilmard distingua le bruit de la hache de son père qui reprenait au loin. Il ramassa sa récolte de bois mort et entreprit de le rejoindre, assailli par l'incompréhension.

4

À fleur d'eau

Un froissement arracha Wilmard à la torpeur du rêve. Ses paupières frémirent avant de s'ouvrir sur la chambre obscurcie. Les ronflements de son père emplissaient l'espace. Normalement, il percevait aussi la lente respiration d'Hypoline, qu'il écoutait parfois quand le sommeil tardait à venir, ému de la savoir près de lui. Surpris de ne pas l'entendre, Wilmard repoussa ses couvertures pesantes. Il s'approcha de la couche de la jeune femme. Le lit était vide…

La gorge serrée, il se remémora les crises de somnambulisme de sa cousine alors qu'elle était enfant. Son père lui avait souvent répété qu'il était risqué de l'éveiller quand les cauchemars ombrageaient son regard. Mais il y avait des années, dix ans peut-être, qu'Hypoline ne s'était levée au cours de son sommeil. Wilmard eut un mauvais pressentiment.

Il se hâta d'enfiler ses habits de pêche. Et si sa cousine allait marcher trop près de la grève et se noyait, ravie par les courants froids ? Les ronflements d'Anselme continuaient de se disperser dans la pièce. Le pauvre homme était épuisé, après avoir passé une partie de la journée à bûcher et à extraire un peu d'huile de la carcasse de baleine. Contrairement à son fils, il ne s'était pas formalisé de l'étrange dôme étanche enfoui dans le ventre de l'animal, car il l'avait associé à une coutume amérindienne qui leur était inconnue.

Sans perdre un instant, Wilmard ouvrit la porte d'entrée. Il ne se le pardonnerait jamais si Hypoline se blessait dans son sommeil parce qu'il aurait tardé à intervenir. Il referma le battant de bois en prenant garde de ne pas heurter le tonneau tout près. À l'extérieur, la noirceur était en partie chassée par l'éclat de la lune, presque pleine. Quelques stries jaunissaient les fenêtres de la maison du vieux Nayati, dont la demeure paraissait s'accrocher à l'escarpement depuis l'éternité. Le maître de Taliana et d'Adalie avait toujours eu un mode de vie nocturne. Encloses dans une gaine de ténèbres, les autres habitations semblaient avoir fusionné avec le granit sur lequel elles avaient été construites. À Berthier, la nuit n'était jamais aussi compacte – surtout celle de l'incendie, au cours de laquelle les plants de maïs avaient crépité par milliers.

Le jeune homme tendit la main en direction de la lampe-tempête accrochée à côté de la porte. Il l'alluma et l'agita devant lui à la manière d'un bouclier de lumière, non sans la protéger du vent. Le rayon ambré lui parut d'une intense vivacité. Les yeux plissés, il crut discerner un mouvement à proximité du quai que les marées ne cessaient d'emporter. Hypoline.

Un éclat brilla. Sans doute émanait-il du pendentif de l'homme-oiseau avec lequel Hypoline s'était endormie, les doigts entrelacés sur le collier comme s'il s'agissait d'un chapelet.

Wilmard s'élança vers la rive. Vêtue d'une chemise de nuit, sa cousine marchait d'un pas chaloupé dans les dénivellations truffées de mousse blanchie. Il distingua ses cheveux dénoués, qui entouraient son visage tel un essaim d'algues. Hypoline était déjà presque parvenue au quai. Il ne fallait surtout pas qu'elle l'atteigne !

Wilmard courut de plus belle. Le ressac heurta brusquement les rochers à demi submergés. Les embruns se confondirent avec le vent et les cris des animaux aquatiques. La surface du fleuve ondula, boursouflée par des vagues de plus en plus cinglantes, comme si une tempête se préparait. Sa lampe toujours tendue devant lui, Wilmard distingua des nageoires qui fendaient les eaux de leurs arcs cintrés.

D'un bond, Hypoline sauta dans l'une des barques amarrées au quai. Ses doigts dénouèrent la corde qui maintenait l'embarcation en place. Le cœur de Wilmard manqua un battement. Il n'avait pas été assez rapide, ralenti par les herbes hautes et l'escarpement du terrain. Déjà, le bateau de sa cousine s'esquivait, charrié par les flots. Wilmard s'étonna : il semblait naviguer vers une direction précise, contre les courants. Un instant, le jeune homme aperçut des morses près de la coque. Jamais il n'en avait vu autant. Plus loin, d'autres silhouettes grises et arrondies ondoyaient. Elles se rapprochaient de la somnambule en un grand tourbillon. Il ne fallait en aucun cas que le remous la rejoigne. Pauvre Hypoline, qui ne se rendait compte de rien…

Wilmard se précipita dans la barque la plus près, qu'il libéra de ses entraves avec empressement. Il déposa la lampe-tempête entre deux casiers à homards vides afin de la stabiliser, puis mania désespérément les rames. À quelques mètres en aval, Hypoline, toujours entourée d'une escadrille d'animaux marins, filait vers le large. Wilmard hurla son nom. Elle devait se réveiller, elle le devait. La tête tournée vers le ciel constellé de reflets fugaces, Hypoline ne cilla pas, emmurée dans son esprit.

Le jeune homme rama de toutes ses forces, mais les flots persistaient à le ramener vers la terre ferme. L'embarcation de sa cousine poursuivait son avancée vers l'ouest. Elle contourna l'île du Chat, sectionnée par une large faille en son centre. Selon les Marcoux, particulièrement superstitieux, les félins s'y rassemblaient pour des sabbats nocturnes. Wilmard n'avait jamais eu connaissance d'une telle assemblée, les chats n'étant pas légion dans l'archipel. Mais avec ce qu'il avait vu récemment, il ne savait plus à quoi prêter foi.

Il resserra son emprise sur les rames et redoubla d'efforts. La barque d'Hypoline obliqua vers l'île Providence, qui allongeait ses vallons à fleur d'eau. Un tourbillon plus puissant que les autres propulsa soudain l'embarcation vers le rivage, où elle s'échoua sur des rochers parsemés de krill. Wilmard devint livide. Hypoline était probablement blessée, il devait se dépêcher de l'aider.

Mais il la vit se hisser sans peine sur la rive, sa chemise de nuit traînant derrière elle. Une bouffée de chaleur se dispersa en lui. Luttant comme un forcené contre les bourrasques, il aborda l'île à son tour, puis tira son esquif hors de la mer agitée. Plusieurs mètres devant lui, éclairée par sa lampe, sa cousine progressait sur le terrain incliné, ses pieds nus disparaissant dans l'épais lichen. Sa robe de nuit gonflée par la brise s'accrochait de temps à autre aux herbes sèches, qui en tendaient le tissu. Quelques enjambées et il allait la rattraper. La ramener dans son lit, la... Non, elle était encore trop loin : elle rejoignait déjà la partie nord de l'île, qui exposait son flanc lisse au golfe. Quand il atteignit à son tour l'autre rive, Wilmard la vit enfin. Elle se dirigeait vers ce qui ressemblait à un nid de pierres de quelques mètres de large, situé à l'extrémité de la terre émergée. Il crut y distinguer des arbres de petite taille, aux branches flasques et arrondies, ainsi que des algues jaunies par le soleil. Il se demanda de quoi il pouvait s'agir.

Haletant, il héla sa cousine, conscient de courir le risque de la réveiller. Hypoline poussa un grognement avant de se tourner vers lui. Il n'était plus qu'à quelques pas derrière elle.

— La maîtresse des animaux marins a fait son choix, gronda-t-elle d'une voix caverneuse. Je serai l'une des servantes de Sedna. La plus importante. Celle qui doit couver son enfant. Les éléments se mettent en place.

L'espace d'un instant, à la lumière de sa lampe, le visage de sa cousine parut étranger à Wilmard, comme si la froideur des banquises s'y était transposée. Son regard était si glacé qu'il crut que le souffle d'Hypoline allait geler dans sa poitrine. Qu'est-ce qu'elle racontait ? Ses rêves avaient visiblement contaminé le réel.

Afin de lui venir en aide, Wilmard se précipita vers sa cousine, les bras tendus. Mais une secousse fit brusquement trembler le nid de pierres. Le jeune bascula vers l'arrière, sa tête heurtant lourdement le sol. Une douleur nervurée traversa son crâne comme le centre névralgique d'une faille sismique. Il entendit vaguement un bruit d'éboulement, suivi d'un couinement. Tant bien que mal, Wilmard réussit à s'asseoir. Il se massa l'arrière de la tête d'une main tandis qu'il tendait devant lui la lampe qu'il était parvenu à conserver.

Le nid de pierres tressauta une seconde fois dans un long fracas, avant de se détacher d'un seul mouvement du flanc de l'île Providence. Wilmard se stupéfia : comment une telle masse pouvait-elle s'extraire de son socle ? La terre ne sombrait pas de cette manière dans la mer ! Désemparé, Wilmard s'aperçut qu'il s'agissait d'une baleine de grande taille. Son immobilité et les plantes qui en parasitaient l'épiderme lui avaient fait prendre temporairement l'apparence d'un îlot. Et le cétacé avait entraîné Hypoline dans son sillage…

Le jeune homme plongea. La froideur de l'eau le saisit. Il chercha sa cousine avec les gestes désordonnés de la détresse, persuadé de l'entendre appeler par-delà les vagues. Il devait la retrouver avant qu'elle ne soit hors de portée. En espérant qu'elle se soit réveillée au contact du liquide glacial, il supplia Dieu de ne pas le laisser tomber une nouvelle fois. Alors qu'il s'immergeait de plus belle, des sonorités lointaines lui parvinrent des profondeurs.

5

Dans le sillage de la baleine

Les mains tremblantes, Wilmard dirigeait sa barque dans la tempête qui la soulevait. Ses innombrables plongeons l'avaient épuisé. S'il s'entêtait à naviguer seul sur les flots instables, éreinté comme il l'était, il ne parviendrait qu'à fracasser son embarcation sur un récif. Et alors il ne pourrait poursuivre ses recherches pour retrouver sa cousine.

Les vêtements détrempés, le jeune homme manœuvrait depuis plusieurs minutes en évitant les cailles, ces rochers de petite taille qui jaillissaient à fleur d'eau. Désespérément, il réussit à ramener son bateau vers l'île Kanty, nonobstant la houle qui l'entraînait maintenant vers le large. Entre deux quintes de toux, il repéra les lueurs vacillantes de la maison du vieux Nayati. Plus qu'un effort…

Wilmard rallia le quai, le cœur serré. Comment une chose aussi terrible avait-elle pu se produire ? N'avait-il pas été suffisamment éprouvé ces dernières années ? Tout en attachant son embarcation, il perçut des éclats de voix à travers les bourrasques, semblables à l'appel de sa cousine emportée dans le sillage de la baleine. Wilmard avait la certitude de l'entendre encore.

Il s'avança vers la grève en direction des voix. Ses bottes écrasèrent des algues aux tiges rabougries. Il maintenait toujours la lampe-tempête devant lui, une main en coupe afin d'en protéger la flamme. Une grotte perçait le roc à cet endroit. Les Marcoux disaient que ses méandres s'allongeaient sous l'île en ramifications souterraines.

Des effluves nauséabonds se superposèrent aux odeurs salines. Wilmard plissa le nez. Sur le rivage, il identifia une carcasse de baleine à bec, pareille à celle qu'il avait découverte sur le continent. Il se demanda si c'était la même qui pouvait avoir dérivé jusque dans l'archipel.

Le jeune homme continua d'avancer, le dos voûté. Des silhouettes se précisèrent à l'est, éclairées par une autre lampe-tempête. Il reconnut Taliana au bord d'un escarpement et s'interrogea sur ce que la domestique faisait là à une heure aussi tardive. Penchée sur elle, Adalie lui frictionnait les omoplates. Taliana semblait en train de vomir.

Wilmard secoua la tête. Il n'avait pas la force de s'intéresser aux activités nocturnes de ses voisines, surtout après ce qui venait de se passer sur l'île Providence. Les yeux humides de larmes, il se mit à courir vers sa demeure. Il annoncerait à son père que le mauvais sort s'échinait à les poursuivre, avide de malheurs comme son défunt frère Barthélémy.

6

Comme autant de tatouages-fossiles

Une partie de la nuit, Wilmard et son père sillonnèrent l'archipel afin de retrouver Hypoline. Lorsque Anselme faillit se noyer dans la tempête, ils durent se résigner à rentrer, conscients que la mort les guettait s'ils écumaient davantage les eaux glacées.

Au matin, assistés d'une dizaine d'insulaires, ils reprirent leurs recherches. Les uns après les autres, ils fouillèrent les îlots battus par les vents de la Côte, explorèrent les anfractuosités où le corps d'Hypoline aurait pu s'échouer. Ils longèrent les baies évasées et les jetées jusqu'à en avoir les bras douloureux à force de lutter contre le maelström. La jeune femme demeurait introuvable. Mais Wilmard savait confusément qu'elle n'avait pas été engloutie par l'écrin salin. Il *sentait* qu'elle vivait encore. Quand il revint à l'île Kanty avec les hommes qui lui avaient prêté main-forte, Wilmard se promit qu'il retrouverait Hypoline. Il somma son père d'aller se reposer. Anselme, bouleversé par les événements, s'éloigna en silence, sa pipe coincée entre les dents.

Wilmard chemina en sens inverse, vers la maison de Nayati, persuadé que ce dernier savait ce qui se tramait dans l'archipel. Taliana n'avait-elle pas tenu d'étranges propos au sujet de forces hostiles qu'abriterait la Côte ? Cette espèce de Léviathan qui avait emporté Hypoline en faisait sans doute partie. Et en y repensant, la présence de Taliana et d'Adalie, cette nuit, près de la carcasse de baleine, était singulière. Il veillerait à y voir plus clair.

Le zénith éparpillait ses reflets sur la toiture irisée de la demeure du vieillard. Bien que solide, l'habitation paraissait avoir été construite des siècles auparavant. De l'endroit où Wilmard se tenait, il apercevait le versant est de l'île Kanty, où trois personnes s'affairaient. En plissant les yeux, il reconnut Taliana, Adalie et Valère, le cadet des Marcoux, à son attitude martiale. Valère, qui rêvait de devenir soldat, s'était récemment épris d'Adalie. Le trio se pressait autour de la dépouille du mammifère marin.

Wilmard se frotta les tempes en s'interrogeant sur ce qu'il demanderait exactement à Nayati. Comme celui-ci vivait surtout de nuit, le jeune homme n'avait jamais eu l'occasion de discuter avec lui. Son voisin ne risquait-il pas de dormir ? Peu importait. Wilmard ne supporterait pas d'attendre jusqu'au soir : une vie était en jeu !

Il cogna lourdement sur la porte. Il entendit un bruissement semblable au froissement du ressac. Circonspect, il se décida à entrer. La porte pivota sur ses gonds pour laisser voir une cuisine dont le large comptoir croulait sous les fioles et les instruments scientifiques. De rares rayons de soleil s'infiltraient par les fenêtres aux rideaux tirés. Sur le sol, au milieu de la pièce, une trappe était entrouverte. Le jeune homme se pencha. Au bas d'une volée de marches, un vaste laboratoire se déployait, un bassin immense en occupant le centre. Ainsi, c'était vrai, ce que l'on racontait : Nayati s'adonnait à des expériences.

Wilmard s'éloigna de la trappe, décidé à poursuivre dans un premier temps l'exploration de l'étage. Près de la table de la cuisine, une alcôve décorée avec soin abritait deux lits, disposés à côté d'un tonneau d'eau et de commodes en cèdre surmontées de miroirs. Le jeune homme détourna le regard en apercevant ses yeux cernés de gris, à l'éclat jauni, la barbe qu'il avait négligé de raser ces derniers jours, ses cheveux en bataille, le nez aplati qu'il avait toujours détesté. Il louvoya entre les multiples cierges et chandeliers qui entouraient, tel un rempart, le lit de gauche. La couche de droite était quant à elle recouverte d'un filet tressé à l'aide de racines séchées. Un tapis fabriqué avec des matières identiques s'étalait au pied du lit jusqu'à une tenture opaque qui dissimulait la seconde pièce de l'étage.

Le jeune homme repoussa lentement le rideau empesé. Il s'immobilisa de stupeur. Un bassin de plusieurs mètres de diamètre était creusé dans le roc, entouré de tuyaux de tailles diverses et de cloisons de bois détrempées. La tête immergée, Nayati était étendu sur le dos dans une vingtaine de centimètres d'eau. Ses longs cheveux blancs flottaient autour de son corps efflanqué. Un tapis de galets et de coquillages, dont certains n'auraient pas déparé l'ossuaire de Wilmard, s'allongeait sous lui. À intervalles réguliers, des bulles d'air fusaient de ses lèvres, comme s'il psalmodiait. Ne sachant que faire, Wilmard examina l'une des extrémités du bassin, reliée par des tuyaux au ruisseau qui courait entre les dômes de granit de l'île Kanty.

Le vieillard sembla percevoir sa présence à cet instant. Wilmard recula d'un pas. Péniblement, Nayati souleva le haut de son corps à l'aide de ses bras. Ses articulations craquèrent. Des gouttelettes churent à l'extérieur du bassin. Tant bien que mal, le vieil homme cherchait à s'asseoir. Sa jambe droite, complètement flasque à la manière d'un membre rompu, demeurait coincée sous ses hanches.

— Ce n'est pas un bon moment, dit-il à Wilmard. Pars tout de suite.

Le jeune homme le jaugea. Jamais il n'avait vu une peau ridée à ce point. En grimaçant, Nayati rampa parmi les fragments de moules et de coquillages, séparé de Wilmard par une soixantaine de centimètres.

Wilmard écarquilla les yeux. Il distinguait les centaines de stigmates que le vieillard portait sur son dos comme autant de tatouages-fossiles. Les empreintes en forme de mollusques, de carapaces et de sédiments aquatiques avaient érodé sa peau jusqu'à y modeler les contours de leur corps chitineux. Des décennies avaient sans le moindre doute été nécessaires à un tel moulage.

Nayati parvint enfin à s'asseoir complètement. Devant le regard stupéfait de Wilmard, le vieil homme déplia sa jambe droite. Le membre amolli, dénué de tonus, était si abîmé que les os se dessoudaient sous la peau. Les veines, chapeautées de plaies infectées, pulsaient de façon diffuse. Wilmard s'étonna que Nayati vive encore. En comparaison, le reste de son corps semblait juvénile, pourvu d'un épiderme plus souple et épargné par les tavelures.

— Ce n'est vraiment pas un bon moment, répéta le vieillard. Pars. Je vais…

Wilmard se secoua, déterminé à ne pas perdre son sang-froid, même si ce qu'il voyait le dépassait. Il le devait à sa cousine.

— Je dois savoir. Maintenant. Savoir ce qui… ce qui se passe dans l'archipel. Ce qui est arrivé à Hypoline. Je suis certain que vous êtes au courant.

Un rictus de douleur crispa la bouche du vieillard, qui semblait bel et bien souffrir. Wilmard hésita. Était-il vraiment arrivé à un mauvais moment ? Devait-il plutôt aider Nayati ?

Brusquement, le vieil homme porta ses mains à sa jambe droite. La peau y paraissait soudainement plus lâche, comme si elle était prête à se décoller. Wilmard grimaça, avant de reculer d'un nouveau pas.

Nayati se contorsionna, cramponné au rebord du bassin.

— Pars, supplia-t-il. Tu ne dois pas assister à ça.

— Mais à quoi exactement ? Et qu'est-ce qui est arrivé à Hypoline ?

Nayati poussa un long gémissement, semblable à un râle d'agonie. Wilmard tendit les bras en direction de son voisin, tiraillé par des sentiments contradictoires. Peut-être le vieillard avait-il besoin immédiatement de soins ? Le jeune homme devait le sortir d'abord du bassin et ensuite Nayati lui dirait où trouver Hypoline.

Mais le vieil homme se recroquevilla pour échapper à l'emprise de Wilmard. Rampa vers l'une des extrémités du bassin. Sur la chair de sa jambe, l'épiderme continuait à se décoller. La peau de Nayati s'affina au point de devenir translucide. Sous les couches de derme, Wilmard distingua, médusé, de la chair saine, juvénile. Nayati était pourtant à tout le moins octogénaire ! Lentement, un liquide odorant jaillit des pores du vieillard : l'eau se colora peu à peu d'une teinte laiteuse.

Wilmard serra son estomac à deux mains. Nayati se contracta sous les spasmes, les muscles tendus. Le vieil homme secoua violemment sa jambe inerte, avant d'y enfoncer ses ongles. Wilmard cria. Il n'allait quand même pas… Mais Nayati lacéra le membre, dont il détacha de longues lanières. Avec énergie, il frotta sa jambe sur les arêtes des galets et des coquillages. Les sédiments coupèrent sa chair. Wilmard songea à entrer dans le bassin. Il devait tenter quelque chose pour venir en aide à son voisin. N'importe quoi.

Devant le regard affolé du jeune homme, Nayati se courba. Ses dents se plantèrent dans son épiderme, qu'il arracha. La couche de peau morte se fissura en lignes suintantes, qui s'effritèrent en une membrane ramollie. Du liquide jaillit de nouveau, gicla sur les coquillages. Wilmard lutta contre la nausée qui montait le long de son œsophage. L'odeur était si *organique*.

Immobile, à une foulée de distance de Wilmard, le vieil homme pétrissait la peau usée qui recouvrait auparavant sa jambe droite. Minutieusement, il examinait l'état de décrépitude de son ancienne enveloppe. Le mal de cœur de Wilmard enfla dans sa gorge. Son champ de vision s'étrécit. Il se pencha pour vomir, les tempes couvertes de sueur. Il vit néanmoins, à travers les points gris qui grésillaient sur ses rétines, la jambe lisse de Nayati, d'une teinte cuivrée uniforme. Exempte de la moindre tache de vieillesse, elle paraissait d'une étonnante souplesse.

Il entendit le vieillard haleter, sa voix semblant provenir de très loin :

— Tu n'aurais pas dû. Pas dû assister à ceci. Personne ne doit me voir ainsi. Mais c'est ce qu'elle... ce qu'elle attend de moi.

Wilmard essuya sa bouche souillée du revers de la main, parvenant à retrouver un simulacre d'équilibre. Il essaya de se concentrer sur le souvenir de l'enveloppante odeur de terre des jardins d'Hypoline pour faire abstraction des effluves nauséabonds qui saturaient la pièce.

— Elle ? Mais de qui parlez-vous ? D'Hypoline ?

Il darda un regard noir sur Nayati avant d'enchaîner, les jambes encore flageolantes :

— Qu'est-ce qui est arrivé à ma cousine ?

Le vieil homme secoua la tête. Ses cheveux mouillés adhérèrent à ses joues creuses et à son torse malingre.

— Je... je n'ai rien fait à Hypoline. Je te le jure. J'expie un crime... un crime que j'ai commis il y a longtemps. J'essaie d'obtenir le pardon de ma fille. Il est plus que temps que sa colère s'apaise... Tout ce que nous pouvons faire en attendant, ses servantes et moi, c'est avoir l'honneur de la servir. Et accepter ses présents... ses présents qui permettent d'étirer le temps.

— Mais qu'est-ce que vous racontez ? Où est ma cousine ? Vous allez me le dire ! Tout de suite !

Les yeux de Nayati s'égarèrent avant de se révulser. Des frissons s'emparèrent de ses membres chétifs. Il commença à psalmodier. Avait-il perdu l'esprit ?

Wilmard ne tirerait plus rien de lui, sinon des paroles incohérentes. Il interrogerait plutôt ses domestiques. Parlerait avec son père, lorsqu'il se réveillerait, de ce qui venait de se passer. Mais pour l'instant, l'épuisement triomphait, après les heures harassantes à sillonner en vain l'archipel. La gorge contractée, Wilmard se résigna à rebrousser chemin jusque chez lui.

Mémoires de Wilmard Boudreau

5 juillet

Je crains fort, après quelques heures péniblement arrachées au sommeil, de ne pouvoir retrouver la quiétude des songes. La nuit m'apporte sans cesse l'écho d'un souvenir de décembre dernier, dont les contours refusent de se dissiper. Un événement qui me semble à présent signifiant, dont je percevrais subitement les répercussions. Ce n'était pas la première fois qu'il était question de cette prétendue maîtresse des animaux marins. Nous étions installés depuis un peu plus de deux mois dans l'archipel. C'était un jour glacial où les rayons du soleil obliquaient sur la neige de l'île du Grand Rigolet.

J'ouvrais la marche pour baliser le passage à l'aide de mes raquettes alourdies de neige. Aussi Hypoline progressait-elle sans trop de peine sur le fleuve gelé; je me rappelle que son haleine exhalait une buée blanche, similaire à son teint, d'une pâleur qui m'avait toujours ravi. Les flocons s'affalaient sur ses habits d'hiver. Frissonnante, elle m'avait signifié au bout d'un moment que le froid commençait à l'incommoder. De fait, le jour étalait des lueurs de plus en plus ténues, et le givre inscrivait ses rainures sur la peau nue de nos visages. D'ores et déjà, le vent soulevait d'aveuglantes bourrasques.

Nous avions rebroussé chemin, craignant de ne pouvoir faire un pas de plus. Sur les lointaines berges du continent, le grésil cinglait les arbres enduits d'une couche de glace uniforme. Les épinettes aux branches incurvées formaient une forêt de givre miroitante.

Décidés à emprunter cette direction, nous avions avancé au hasard des rugissements du vent. La tourmente emportait avec elle des échos suppliants. Il nous sembla entendre les craquements décupler sous l'eau figée, comme si la tempête avait éveillé, in extremis, des êtres marins autrefois assoupis.

Au terme de vaillants efforts, Hypoline et moi étions parvenus à franchir une certaine distance. La forêt s'entêtait lugubrement à se dérober ; sinon, comment expliquer la vive impression que nous avions d'avancer vers le Saint-Laurent ? Abattu, je m'en étais ouvert à ma cousine : nous devions rapidement trouver un abri, cette plaine n'augurant que de tragiques présages.

Répondant à ma supplique, Hypoline m'avait désigné une section dégagée en amont. La neige en paraissait absente, comme si le cours de la tempête s'interrompait à cet endroit. Abasourdi par ce phénomène, j'avais avancé dans cette direction. La transparence de l'eau était telle que les reflets du soleil irisaient la glace.

Hypoline s'était agenouillée sur la surface, son joli visage frappé de stupeur. Ses yeux avaient frémi, renversés comme lors de ses accès de somnambulisme.

Je m'étais penché à la suite de ma cousine. Un homme, allongé sur le flanc gauche, reposait dans l'écrin cristallin. Sa chair nue était fendue sur le côté, de la mâchoire jusqu'à la taille, d'une longue entaille verticale, identique à celles que porte désormais Taliana. Dans le cas présent, la cage thoracique de l'homme se révélait transparente ; des poissons paraissaient paralysés dans la plaie ouverte de son flanc. Des algues pétrifiées, d'un curieux aspect, similaires aux fanons d'une baleine ou aux crins d'un cheval, ceignaient la dépouille.

Ébranlé, j'avais emmené Hypoline loin de sa macabre découverte. Le regard impénétrable, in absentia, ma cousine tremblait, semblable à sa défunte mère lorsqu'elle prononçait des incantations profanes. Hypoline avait alors grondé d'une voix démesurément grave, comme si des cristaux de glace lui piquetaient la gorge :

— Le dégel l'aura emporté. Il était l'une des fresques vengeresses de la maîtresse des animaux marins. L'une des fresques pétrifiées depuis des siècles à Nerrivik.

J'avais secoué Hypoline, persuadé qu'elle subissait un état similaire au somnambulisme. Les grondements de ma cousine s'étaient interrompus ; sa tête s'était arquée vers l'arrière tandis qu'elle retrouvait sa douceur ordinaire.

— Qu'est-ce qui s'est passé ? m'avait-elle demandé.

J'étais resté coi tandis que nos membres glacés ne cessaient de trembler. L'onctuosité de l'odeur d'Hypoline, si capiteuse que le froid parvenait à peine à l'entamer, me faisait presque oublier la tempête qui pesait sur nos silhouettes enlacées. Je m'étais patiemment efforcé de repérer le littoral sous les bourrasques, mais mes sens me bernaient; une pléiade de cités hivernales, aussi éphémères que fantasques, s'esquissait sur la glace. L'un comme l'autre, nous ne reconnaissions a priori les environs, familiers par temps clair. J'avais toutefois persisté, jusqu'à ce que nos pas remontent vers l'île Kanty.

Je suis à présent d'avis que cet homme est lié, sous un aspect ou un autre, aux événements inexplicables qui se trament dans l'archipel. En mon for intérieur, j'incline à croire, en contradiction avec les allégations de mon père, que le cadavre prisonnier des glaces n'était pas celui d'un simple noyé demeuré longtemps captif de la vase.

Aussi, je sens ardemment qu'Hypoline est vivante. Point de doute, ses appels continuent de me parvenir, bien qu'un peu amoindris. J'en fais le serment : tôt ou tard, je la ramènerai en sûreté sur la terre ferme.

7

La terre des morts au fond de la mer

Les premiers rayons de l'aube effleurèrent le visage de Wilmard. Il repoussa avec lenteur les couvertures effrangées. Sa poitrine se contracta à la vue du lit vide d'Hypoline, sur lequel une catalogne orange était tirée. Ses petits pots de terre, toujours impeccablement rangés, attendaient son retour. Sa cousine *devait* revenir ; il ne supporterait pas longtemps l'injustice de son absence.

Il se frotta les tempes en pensant aux bribes de rêve que l'éveil n'avait pas encore emportées : sa cousine, une tasse fumante tendue devant elle, insistait pour qu'il boive de la graisse de loup-marin. Les lèvres huileuses, le menton et les joues ombragés par des tatouages rituels inuits, elle murmurait qu'il *devait à tout prix se protéger de ceux qui résidaient dans les profondeurs.*

Troublé, Wilmard revêtit ses habits chiffonnés de la veille avant de se traîner lourdement jusqu'à la table de cuisine, où il grignota un morceau de pain. Il entendit son père se retourner dans son sommeil en grommelant des paroles indistinctes. Il n'osa pas réveiller le pauvre homme, exténué par leurs recherches dans l'archipel. Si Anselme pouvait un temps trouver refuge dans l'échappatoire des songes…

Wilmard étira plutôt le bras vers un récipient de métal empli de gras rougeâtre, rangé sur une tablette à côté de plusieurs chandelles de suif. Il haussa les épaules avant de boire à même le contenant. Il réprima une grimace. Kermel, l'ami de son père, lui avait déjà raconté que certains Inuits consommaient de la graisse de phoque comme s'il s'agissait d'alcool : Wilmard se demandait comment ils pouvaient tolérer d'en avaler plus de quelques gorgées.

Le jeune homme s'essuya les lèvres avec la manche de sa chemise froissée, un peu nauséeux. À tout le moins, il avait fait ce qu'Hypoline exigeait de lui, même si elle s'était adressée à lui en rêve. Auparavant, il n'aurait pas cru en de semblables visions ; mais ses repères étaient désormais brouillés.

Wilmard gagna l'extérieur. L'île Kanty semblait cristallisée dans le silence. Les maisons voisines paraissaient inhabitées, perchées sur leurs crêtes de granit respectives. Il inspira profondément avant de s'engager, les épaules voûtées, sur le chemin ceint de touffes de lichen blême. Il devait à tout prix interroger les domestiques de Nayati.

Son cœur se serra quand il aperçut le potager en friche de sa cousine, à côté duquel s'effritaient les ossements de l'homme-oiseau. Il faudrait que quelqu'un se décide à refermer la fosse. Plus bas sur la grève, une onde de fumée se soulevait, lui rappelant les flammes qui léchaient les pourtours de ses natures mortes et l'inimitable parfum du brasier.

Hésitant, Wilmard fit quelques pas dans cette direction. Quelqu'un avait-il allumé un feu d'algues séchées aux abords du rivage ? Est-ce que c'étaient les domestiques de Nayati ?

Attiré par cette possibilité, Wilmard se dépêcha de gagner la grève. Il atteignit rapidement l'endroit où la baleine à bec s'était échouée. Les marées avaient probablement déplacé la carcasse du cétacé, qui ne se trouvait plus là.

Le jeune homme avança jusqu'à l'entrée principale de la caverne près de la rive. L'eau escalada son pantalon jusqu'aux genoux, s'infiltra dans ses bottes. Il tressaillit. L'écho de plusieurs voix jaillissait du fond de la grotte, à la manière d'embruns éclatant contre les rochers. Celle de Taliana, impérieuse, récitait une incantation ponctuée de sifflements.

Wilmard progressa dans la caverne, ses bottes de caoutchouc foulant la houle. Un remugle avarié l'accueillit, amalgamé à une épaisse odeur de fumée, plus forte que celle des brasiers qu'il avait l'habitude d'allumer. La main devant la bouche, il chemina dans le passage, couronné à cet endroit d'une arche ciselée par l'érosion.

Comme il l'avait supposé, la dépouille de la baleine avait été déplacée par les courants. Elle gisait sur un nid de pierres, le ventre béant, une partie de ses entrailles déversée à ses côtés. Malgré sa répulsion, le jeune homme s'obligea à avancer. Une fois pour toutes, il devait savoir ce qui se déroulait dans l'archipel. Comprendre le lien que cette maîtresse des animaux marins entretenait avec Hypoline.

Wilmard vit Taliana et Adalie émerger d'une portion sombre de la grotte. Elles marchèrent vers lui, drapées de tuniques de lin vaporeuses d'un bleu presque translucide, surmontées d'un capuchon. Le vêtement, fendu sur les flancs, leur permettait d'exhiber les plaies verticales qui serpentaient de leur mâchoire jusqu'à la naissance de leurs hanches.

Le jeune homme recula. Taliana le rejoignit en ondulant du bassin, un chandelier dans ses mains cuirassées de cire. Elle le considéra avec intérêt. Wilmard se surprit à penser qu'elle avait changé d'avis à son égard. L'espace d'une seconde, il la revit se trémousser, nue, sur le rocher recouvert d'un filet, prête à s'offrir à l'étreinte de l'amoncellement de varechs et de sédiments. Et si Taliana était cette prétendue maîtresse des animaux marins, comment réagirait-il ?

Il serra les mâchoires pour repousser la vision de la jeune femme nue sur les crêtes granitiques. L'eau avala Taliana jusqu'à la taille. Derrière elle, Adalie psalmodiait, debout sur une plateforme de roc émergée, ses poignets ornés de bracelets de racines tressées. Valère la rejoignit, avant de se mettre au garde-à-vous. À l'instar de ses compagnes, il était vêtu d'une simple tunique à capuchon, qui tombait sur sa silhouette svelte et déliée, dissimulant en partie ses cheveux cuivrés. L'habit dénudait ses flancs et les muscles fermes de ses cuisses, dépourvus de stries rougies.

Wilmard aperçut finalement Nayati, assis à l'écart dans une alcôve assombrie. Le vieil homme semblait remis de sa mue. Du moins, si c'était ce que Wilmard avait vu. Une peau d'ours recouvrait une partie des tatouages-fossiles du vieillard. L'air triste, il regardait l'eau ruisseler sur les parois évasées de la grotte, cloisonné dans ses pensées.

Taliana continua de fixer Wilmard, en taquinant du bout des doigts les flammes du chandelier. Il se demanda ce qu'elle pouvait lui vouloir. Le sourire de la jeune femme s'élargit.

— Finalement, peut-être que la maîtresse voudra de toi, siffla-t-elle. Sa nature est fluctuante. Double et changeante.

Le cœur de Wilmard bondit. Où voulait-elle en venir ?

— De qui parles-tu ? De celle qui est responsable de la disparition d'Hypoline ?

La jeune femme le toisa de plus belle, avant de déposer le candélabre dans une anfractuosité de la pierre. Ses mains furetèrent sur sa longue tresse cuivrée, dans laquelle elle avait accroché des baies de chicouté séchées.

— Hypoline n'est pas disparue, répondit-elle. Tu ne l'entends pas ? Elle est près d'ici, avec la maîtresse, dans la couveuse du palais de Nerrivik.

La chaleur envahit la poitrine de Wilmard. Ainsi, il avait raison, Hypoline vivait !

Adalie et Valère interrompirent brusquement leur litanie. Un remous satura l'espace, puis enfla sous la surface de l'eau infiltrée dans la grotte. S'il s'agissait d'un animal, sa taille était immense. Le liquide grésilla comme s'il allait commencer à bouillir. Sans détourner le regard du tourbillon, Wilmard grimpa à la hâte sur la plateforme où se tenaient Valère et Adalie. Il était plus prudent de sortir de l'eau dès maintenant.

Une rumeur traversa le liquide. Wilmard frémit. Il venait de reconnaître la voix de sa cousine.

— Où est-elle ? demanda-t-il à Adalie. Je veux la revoir ! Immédiatement !

La jeune femme leva la paume vers lui, ses bracelets oscillant sur ses poignets.

— Peut-être que tu reverras Hypoline. Mais il faudra qu'elle ait fini de couver la fille de la maîtresse au palais. Et que Sedna soit satisfaite.

— Mais… De quoi parles-tu au juste ?

— Ce n'est pas un hasard si c'est Hypoline qui a trouvé la fosse de l'homme-oiseau. Ta cousine est, par sa mère, une lointaine descendante de la lignée de Gérène. Une descendante sans faille, née d'un père errant qui ne peut jamais poser ses amarres nulle part.

Wilmard serra les poings. Ils voulaient faire jouer à sa cousine le rôle d'une mère de remplacement ? Et où se trouvait ce prétendu palais dans lequel ils l'avaient emprisonnée ?

Un froissement dans l'alcôve le fit sursauter. Nayati s'extirpait de son repaire, sa jambe neuve contrastant avec ses membres ravinés. Il leva les yeux vers Wilmard :

— La maîtresse décide de notre sort selon son bon vouloir. Si ce n'était que de moi, Hypoline ne serait pas là-bas.

Taliana le fustigea du regard.

— La servir est un privilège. Surtout pour toi, qui l'as trahie de plusieurs manières. Ses faveurs en sont la preuve.

D'une même voix au timbre éteint, Adalie et Valère psalmodièrent :

— Oui. Les baleines incarnent la vie.

Nayati baissa les yeux. Les muscles tendus, Wilmard redescendit de la plateforme et avança en direction de Taliana. On lui dirait où Hypoline se terrait : s'il le fallait, il secouerait l'insolente domestique jusqu'à ce qu'elle se confesse.

Il n'était plus qu'à deux pas de la jeune femme. Stupéfait, il vit le visage de Taliana se crevasser d'une arantèle complexe de rides, comme si elle était âgée de plus d'un siècle.

— Elles incarnent la vie, répéta Taliana avec gravité.

Des veines saillirent, proéminentes, sur sa chair parcheminée, usée par les décennies. Puis Taliana s'éclaboussa le visage. Le mirage se dissipa. Wilmard se demanda s'il avait bel et bien vu une centenaire se dresser devant lui. De nouveau, la domestique avait une vingtaine d'années, la peau souple et cuivrée, presque de la même teinte que sa chevelure.

Le jeune homme essaya de saisir Taliana. Mais des tourbillons chiffonnèrent la surface de l'eau. Des filaments sombres et rêches en surgirent violemment. Ils ressemblaient à un filet... Le tramage étroit se referma sur Wilmard. L'emprisonna. Il se débattit en criant. Ne réussit qu'à écorcher ses doigts sur les cordes râpeuses.

Les mailles se resserrèrent. Entravèrent ses articulations. Il n'allait quand même pas se laisser prendre au piège aussi facilement ! Et pourtant. Pratiquement incapable de bouger, Wilmard ne réussit qu'à se débattre dans le filet. Mais sa prison demeurait solide. Inaltérable. Peu à peu, elle s'éleva dans les hauteurs.

Suspendu près de l'arche, le jeune homme vit une nappe sombre, semblable à une nuée d'anguilles, qui serpentait dans le liquide en dessous de lui. Il sentit ses boyaux se contracter.

Un amoncellement d'algues et de matières aquatiques perça la surface. Une odeur persistante de varech se superposa à celle du cadavre de la baleine. Wilmard toussa. Comment les autres pouvaient-ils supporter des relents aussi fétides ? Dans son dos, les mailles du filet se tendirent, lui arrachant un gémissement de douleur.

Les dents serrées, il vit Nayati s'approcher de Valère et de ses domestiques, qui se déshabillaient. Les mains enfouies dans les algues épaisses, le vieil homme marmonnait, les yeux implorants.

Un soubresaut secoua la surface, fit tanguer le filet dans les hauteurs. Wilmard s'agrippa de toutes ses forces aux mailles rugueuses.

Sous lui, la nappe filandreuse rejoignait Valère. Avec des gestes mouillés, l'amas commença à l'oindre d'algues et de substances disparates. Wilmard s'étonna que le cadet des Marcoux demeure aussi immobile. Solennel, celui-ci restait au garde-à-vous ; il laissait le varech s'imbriquer sur ses membres en un tissage serré. Les plantes humides, lorsque leurs vessies de flottaison éclataient, déversaient une glaire jaunâtre sur son épiderme. Valère gémit quand l'amas s'attarda sur son sexe, qu'il enroba.

Wilmard détourna le regard, attiré par un mouvement à sa droite. Taliana et Adalie s'approchaient du cadavre de la baleine. Langoureusement, les jeunes femmes s'allongèrent dans le dôme métallique baigné de liquide saumâtre. Une vague de nausée afflua dans la gorge de Wilmard. Enduites de graisse, de morceaux d'organes et de gravier, Taliana et Adalie se caressaient. Le vieil homme les observait, une expression grave sur les traits.

Une nouvelle rumeur sembla surgir des eaux. Taliana commença à se masturber dans la carcasse, ses phalanges barbouillées de sanie. Wilmard sentit le goût de la bile envahir sa bouche. Il devait trouver un moyen de se libérer. Tout de suite. De découvrir la provenance de l'appel d'Hypoline.

Au-dessus de la forme allongée de Taliana, l'immense cage thoracique de la baleine formait une sorte de voûte. À ses côtés, Adalie se donnait du plaisir avec ses bracelets en racines, la gorge renversée sous les fanons du cétacé. Des gémissements fusaient de ses lèvres violettes. De sa main libre, elle caressait la poitrine de Taliana. Wilmard vit les doigts de la plus jeune des domestiques s'enfoncer dans le sexe de sa compagne, qui sembla frétiller à son contact. Cette dernière rampa en direction d'Adalie, puis enfouit son visage entre ses cuisses. Sa langue fureta sur les contours du sexe de sa cadette.

Inlassable, Adalie répétait :

— Les baleines incarnent la vie, elles incarnent la vie…

Nayati ânonna à sa suite. Valère, quant à lui, était toujours enlacé par l'amas de varech. Wilmard retint sa respiration.

La nappe végétale se déroula en un enchevêtrement épars, mêlé de filaments qui évoquaient de longs cheveux noirs. Peut-être les mèches désordonnées de *celle* qu'ils semblaient tant vénérer ?

Wilmard pressa son front luisant de sueur contre le filet. Debout face au trio, Nayati demanda à Valère :

— Es-tu certain que tu veux porter sa marque ? *Notre* marque ? Le sceau qui honorera la colère de Sedna ?

Avec ferveur, Valère opina. La nappe filandreuse s'effila et prit la forme d'une longue griffe. Le corps en entier du cadet des Marcoux se crispa. Les algues le ficelaient toujours. Formant un arc oblique, le dard se dirigea vers son flanc droit. Les plantes qui s'y trouvaient s'écartèrent dans un froissement suintant.

Wilmard déglutit. L'aiguillon s'approchait de sa cible. Cette fois, le doute n'était plus permis ; Valère irait jusqu'au bout du rituel servant à honorer la maîtresse.

Résolu, le fils cadet des Marcoux laissa la griffe s'appuyer sur l'arc de sa mâchoire. Elle la cisailla d'une entaille fine et régulière. Wilmard ferma instinctivement les yeux. Mais il ne put s'empêcher de les rouvrir à demi. La pointe coulissa sur le côté du cou de l'initié, puis contourna l'os de son épaule. Les traits tiraillés par la souffrance, le jeune homme résista au supplice. Il fallait que sa volonté de servir Sedna soit forte… D'un mouvement sec, le dard entama la peau de son torse. Puis il descendit jusqu'à son nombril, en une ligne droite. La plaie bâilla. Des jets de sang fusèrent. Les algues s'y agglutinèrent comme un cataplasme. Fiévreusement, elles tétèrent les flots amarante. Sur le front de Wilmard, la sueur dégoulinait en larges coulisses.

Une nouvelle fois, la griffe se souleva devant Valère. La chair se fendit à une seconde reprise en une incision symétrique à la première. Wilmard essaya de nouveau de déchirer le filet qui le retenait prisonnier. Petit à petit, les algues libérèrent Valère. Et si on réservait à Wilmard le même sort, sans qu'il soit consentant ?

Étonnamment serein, le cadet des Marcoux rejoignit les domestiques couchées dans le ventre de la baleine. Wilmard entendit Adalie pousser un cri de joie.

— Je suis si contente que tu nous rejoignes, susurra-t-elle. Autrement, je n'aurais pu être vraiment à toi. Demeurer longtemps à tes côtés.

Sous le regard décontenancé de Wilmard, Valère renversa la plus jeune des domestiques sur le dos, avant de la pénétrer jusqu'à la garde, ses plaies encore sanguinolentes. Adalie gémit de satisfaction. Taliana s'approcha des amoureux enlacés. Elle vint s'asseoir sur le visage de sa consœur. Les mains de Valère se refermèrent sur les seins de Taliana. Un instant, Wilmard crut surprendre un mouvement entre les parois du sexe de sa voisine. Il pensa spontanément à une anguille. En tout cas, ce qu'il avait aperçu s'apparentait à ce genre de frétillement...

Il étouffa un cri en persistant à s'acharner sur les mailles du filet. La marée montante noyait graduellement la caverne. Peu à peu, la nappe de varech regagna l'eau dans un mouvement délié.

Wilmard secoua vigoureusement le filet. Nayati tourna vers lui un regard vacillant. Au fond de la grotte, les trois amants continuaient de s'ébattre dans la baleine éventrée.

Le filet descendit, maintenant à portée de Nayati. Le jeune homme s'agita, supplia d'être libéré. Posément, le vieillard palpa les mailles. Elles se dénouèrent entre ses doigts comme s'il lissait une fourrure. Aussi vite que possible, le prisonnier se débarrassa de ses entraves.

— La maîtresse des animaux marins n'a pas voulu de toi, murmura Nayati. C'est sans doute préférable. Nous sommes nombreux à servir sa colère, déjà.

Un remous plus puissant que les autres ébranla la surface de l'eau. Wilmard entendit une nouvelle fois la voix d'Hypoline qui l'implorait de la délivrer. Il réussit à localiser l'écho : il provenait d'une anfractuosité située à sa droite. L'émotion le submergea. Quelque part, dans ce qu'ils nommaient le palais de Nerrivik, sa cousine vivait. Il devait l'aider sans attendre. Il se releva précipitamment. Nayati l'arrêta.

— Il est peut-être trop tard pour sortir d'ici, lui dit-il. La marée haute s'apprête à tout recouvrir. Ils lui appartiennent tous les trois, désormais. Et moi, je n'ai pas le droit de mourir. Mais si tu te dépêches, tu as une chance d'atteindre l'entrée de la caverne.

Wilmard jaugea le passage, aux trois quarts submergé. Un bon nageur réussirait sans problème à sortir. Mais ce qui lui importait pour l'heure, c'était l'appel d'Hypoline. Il devait plonger sans attendre. Avant que l'eau ne se referme sur lui, il entendit le trio répéter de cette même voix sans âge :

— Les baleines incarnent la vie, elles incarnent la vie…

L'eau l'étreignit de sa lourde chape. Wilmard frissonna tandis qu'elle s'infiltrait dans ses habits, les tirant vers le bas. Il atteignit rapidement l'anfractuosité et progressa dans une galerie de plus en plus étroite. Autour de lui, les parois luisaient comme si elles avaient été badigeonnées d'une épaisse couche de graisse. Peut-être avait-on ainsi isolé ces corridors souterrains, ce qui expliquerait pourquoi les eaux du golfe lui paraissaient étonnamment tièdes.

Prudent, Wilmard nagea entre les rochers engloutis, les bras frôlés par les chatouillements désagréables des algues. Les plantes marines se déroulaient dans la marée tel un ballet d'anguilles. Il reprit son souffle dans les poches d'air qui demeuraient emprisonnées dans le long boyau de roc. Il se concentra sur l'image d'Hypoline, à l'œuvre dans son jardin de Berthier, pour se donner du courage. Elle était sans doute plus près qu'il ne le pensait, car son appel, stridulation feutrée, semblait plus clair. Indiscutablement, il était sur la bonne voie.

Le couloir s'élargit soudain et le jeune homme émergea de nouveau, avant de s'appuyer sur les renflements secs des parois. Des algues s'entortillèrent autour de ses jambes et de sa taille comme si elles cherchaient à le noyer. Wilmard secoua ses membres, des gouttes d'eau voilant son regard. Il se hâta d'atteindre l'extrémité du tunnel, qui s'achevait sur un bloc de granit surélevé. Le corps alourdi par ses habits détrempés, il se hissa sur la pierre avec soulagement. L'appel d'Hypoline devenait intermittent. Il ne devait plus perdre la moindre seconde. Tant bien que mal, il s'essuya les yeux avec ses doigts.

Un grondement, semblable à un orage souterrain, monta des profondeurs. Wilmard se figea. Son cœur tambourinait à toute vitesse dans sa poitrine. Il se raisonna : Kermel lui avait déjà parlé du tonnerre de terre, produit par les infiltrations d'eau dans les failles des cavernes. Il tendit l'oreille pour essayer d'isoler l'appel d'Hypoline à travers les bruits épars. Un murmure se faufila au cœur de l'orage confiné, semblable à des suppliques étouffées par un bâillon.

Wilmard inspira pour se donner du courage. Puis il se remit à l'eau et, à la nage, il atteignit un embranchement. Ses parois étaient tapissées de pierres des champs, surmontées d'une arche à l'inscription énigmatique, embrouillée par le courant. En s'y reprenant plusieurs fois, il parvint à lire : *Qimiujarmiut : la terre des morts au fond de la mer*. Il regarda autour de lui en se demandant dans quel genre d'endroit il se trouvait.

Le jeune homme emplit ses poumons d'air, car l'embranchement était immergé en entier. Il plongea, éclairé par la graisse vaguement phosphorescente qui tapissait les parois du couloir.

Rapidement, à quelques mètres sur sa droite, se dessina une ouverture lumineuse à demi calfeutrée par les plantes aquatiques. Wilmard s'engouffra dans le boyau exigu sculpté de miniatures qui paraissait conduire à une sortie.

À bout de souffle, il atteignit une salle de taille colossale, chapeautée d'une multitude de minuscules puits de lumière, sous lesquels il émergea en s'étouffant. Son regard chavira en découvrant ce qui se trouvait sous l'eau. Ça ne se pouvait pas... Il replongea pourtant sa tête dans l'eau brouillée.

Des baleines mortes étaient suspendues par leur nageoire caudale. Maintenues par des fils de fer, elles achevaient de se décomposer au sein d'un immense cimetière marin capitonné de nids de pierres. Des crabes couraient entre les cailloux et les carcasses.

Une nouvelle nausée secoua Wilmard. Il sortit désespérément sa tête de l'eau, les voies nasales enflammées. Cette nécropole était bien pire que la dépouille de baleine faisandée de la grotte. Mais il s'était promis de ne pas laisser tomber Hypoline. De continuer à la protéger, comme il le faisait depuis que Barthélémy avait approché sa bouche empourprée de sang de la gorge de sa tante.

Wilmard s'entêta à chercher sa cousine dans l'eau stagnante, guidé par sa voix, qu'il percevait davantage. En se faisant violence, il réussit à rallier la baleine la plus près. Accroché à l'envers par des fils de fer, le cétacé reposait à la verticale au-dessus d'un nid de pierres, une épitaphe en métal clouée dans sa chair gigantesque. Des fragments avariés flottèrent autour de la baleine, puis se déposèrent sur le fond embrouillé. Le froissement des anémones révéla la présence d'étoiles de mer et d'esquilles de tailles diverses.

En luttant pour garder son sang-froid, Wilmard contourna une zone plus ancienne du cimetière, aveuglé en partie par les particules en suspens. Sa cage thoracique l'élançait douloureusement. Sur les fonds submergés de la nécropole, des ossements, échoués telles des épaves, avaient formé des arches colossales. Au cœur des cages thoraciques béantes, des squelettes humains, entièrement nettoyés, reposaient parmi les pierres de sépulcre et les fragments d'épitaphes. Le jeune homme se demanda dans quelle effarante nécropole il avait abouti.

Wilmard laissa échapper malgré lui plusieurs bulles d'air. Tant bien que mal, il louvoya entre les dépouilles qui oscillaient au gré des remous. À droite de la nécropole, il repéra quelques baleines bleues. Ses pensées se confondaient, bousculées par le manque d'oxygène. La dernière fois qu'il avait vu Hypoline, elle était sur le dos d'un semblable Léviathan, qui l'avait entraînée avec lui dans les abysses. Il y avait certainement un lien entre sa disparition et cette terre des morts au fond du golfe Saint-Laurent.

La tête pesante, une sensation de déchirement dans le thorax, Wilmard dépassa une dépouille de marsouin à moitié dévorée, dans laquelle les poissons allaient et venaient. Des nuées rosées se mélangeaient au sable en suspension. Il s'arrêta devant l'un des Léviathans. Cousu de longs fils noirs qui ressemblaient à des cheveux emmêlés, le ventre de la baleine, de taille démesurée, frémissait. En relevant la tête, Wilmard vit que certains des crochets utilisés pour pendre les baleines étaient libres. Comme si d'autres baleines-cercueils n'avaient pas encore rejoint leur emplacement funéraire.

Une brèche bâilla soudain dans le flanc droit de l'animal, dévoilant une pierre de sépulcre rougie. Wilmard voulut s'en approcher, mais ses paupières se révulsèrent. Il eut brutalement envie de s'abandonner au sommeil, les membres lourds comme s'il portait un scaphandre. Il devait remonter respirer, sinon la noyade le guettait.

Ses bras s'agitèrent mollement au-dessus de sa tête. Se dirigeait-il vers la surface ? Il ne le savait plus. Ses gestes étaient hasardeux, léthargiques.

Un froid perçant envahit les poumons de Wilmard, en même temps qu'une sensation de brûlure. De l'air, enfin. Il inspira tant bien que mal, tentant de chasser l'eau qui s'était introduite dans ses narines. Avisant la voûte, il se rendit compte qu'elle était un peu plus haute que lorsqu'il avait plongé. La marée se retirait. Il s'aperçut qu'il entendait à peine l'appel d'Hypoline. Avec détresse, Wilmard constata qu'il ne savait plus depuis quand il écumait en vain cet ossuaire sous-marin.

Ses dents claquèrent. Derrière le cimetière, il repéra le tunnel par où s'échappait l'eau. Il nagea dans cette direction.

8

Tivajuut

L'embranchement de la caverne bifurqua une dernière fois et Wilmard émergea enfin à l'extérieur. Il plissa les paupières, agressé par cette lumière naturelle qu'il n'espérait plus. Avec ses ultimes forces, le jeune homme avait nagé dans le boyau détrempé. Seul le vague appel de sa cousine l'avait empêché de succomber à la panique tandis qu'il s'enfonçait au hasard dans les couloirs, doutant de plus en plus d'en sortir vivant. Après un moment, il avait eu l'impression que la voix d'Hypoline n'était plus qu'un écho réverbéré par les souterrains. Mais il s'y était accroché désespérément. Il ne fallait pas perdre l'unique lien qui le rattachait désormais à elle.

Wilmard se hissa sur la terre ferme à l'aide de ses mains boueuses, la respiration sifflante. Quelques cailloux dégringolèrent derrière lui comme les perles d'un collier cassé. Il balaya les environs du regard. Était-il sur l'île du Chat, avec sa faille centrale qui scindait le roc de part en part?

Il frissonna en prenant appui sur le granit. Ses nerfs se tendirent lorsqu'il aperçut Nayati assis sur une large pierre plate, toujours vêtu de sa peau d'ours. Le vieillard fixait l'horizon. Le jeune homme le rejoignit aussi vite que ses muscles raides le lui permettaient.

Sur la grève, il distingua Valère et les domestiques de Nayati. Ils étaient étendus sur le sable comme s'ils attendaient, étrangement, de se faire recouvrir par la marée descendante. Au point où Wilmard en était, plus grand-chose ne le surprenait de la part de ses voisins. Encore l'un de ces rites impies, sans l'ombre d'un doute.

— Vous… J'exige des réponses, cria-t-il en empoignant le vieil homme par les épaules. Je ne vous lâcherai pas tant que vous ne m'aurez pas dit ce qui se passe ici.

Nayati se crispa tandis que Wilmard le secouait de plus en plus violemment. Le vieil homme bafouilla :

— C'est Tivajuut, la cérémonie de l'immersion. Ma fille va bientôt venir les chercher.

Wilmard cessa de secouer le vieil homme et son regard se fit plus perçant.

— Votre… Votre enfant ?

— Oui, Sedna. La maîtresse des animaux marins. Je l'appelais ma fille, du temps où elle était humaine. À cause de ses longs cheveux noirs, que tout le monde trouvait magnifiques. Mais elle était à la fois mâle et femelle. D'une nature double et changeante. C'était il y a si longtemps… Trop longtemps. Des siècles, déjà.

Wilmard dévisagea le vieil homme, la tête pesante. Nayati lui avait toujours paru âgé, mais à ce point ? Il est vrai qu'il l'avait surpris en train de muer dans un bassin empli d'eau salée. Et si le processus se répétait depuis si longtemps que certains des membres du vieillard se régénéraient inlassablement? Il n'était pas impossible que ses connaissances scientifiques lui permettent de tromper les années.

Le crâne de Wilmard lui élança de plus belle. Il se frotta les tempes, tandis que Nayati poursuivait:

— Il y a des siècles que Sedna me punit de l'avoir trahie. Si seulement nous étions restés à Makkovik, elle et moi, si je ne l'avais pas offerte sans le savoir en mariage à un homme-oiseau...

Wilmard sourcilla à la mention de l'homme-oiseau, en se rappelant le squelette qu'avait déterré sa cousine.

— Un homme-oiseau? demanda-t-il en continuant de se frictionner le crâne.

Les traits froissés, Nayati leva les yeux vers lui. Sa voix chevrotait.

— Oui. L'homme s'était déguisé pour mieux me berner. Et il avait atteint son but: j'avais accepté d'offrir ma fille en mariage à un homme-oiseau des monts Groulx. C'est une peuplade ancienne, qui a toujours vécu en retrait du monde extérieur. Le voisinage de l'endroit où est tombée une immense météorite, voilà plusieurs millions d'années, a donné, des millénaires plus tard, certaines habiletés aux autochtones de Manicouagan. Dont des connaissances liées aux astres. À l'époque, les hommes-oiseaux possédaient un savoir accru par rapport aux peuplades du sud. Avec des débris de météorites du cratère, ils fabriquaient des colliers qui décuplaient leur force et leurs capacités. C'était à l'époque où le cratère était encore *actif*. Les hommes-oiseaux ne doivent plus être nombreux, maintenant. L'un des marchands avec qui j'échange sur le continent m'a appris que leur peuple s'étiole depuis des générations. Jadis, ils avaient construit une ville suspendue dans les montagnes, un peu à l'est de l'île formée par la chute de la météorite. Je ne savais pas que le chasseur qui était venu à Makkovik pour choisir une épouse appartenait à leur peuple. Si j'avais su, je ne lui aurais jamais offert mon enfant. Mais l'homme-oiseau avait caché son regard d'aigle sous des lunettes d'os. Il avait soigné sa démarche pour qu'elle soit moins claudicante. J'aurais dû me méfier. Deviner que la plupart des femmes de leur clan étaient désormais stériles. Que c'était pourquoi il avait traversé les monts Groulx jusqu'au Labrador, pour atteindre le littoral où s'était établie ma communauté.

Nayati soupira. Wilmard secoua ses habits mouillés en tremblant. Il était transi par le froid…

Un mouvement attira leur attention vers la grève, où Valère et les domestiques de Nayati se blottissaient les uns contre les autres, toujours allongés dans la marée. Leur chair parut étrangement lustrée à Wilmard, *pelée* par endroits. Il plissa les yeux, incertain de ce qu'il voyait. S'apprêtaient-ils eux aussi à muer, comme Nayati ?

— C'est ainsi que les choses doivent se produire, dit le vieil homme, comme s'il avait lu dans les pensées de Wilmard. Leur corps se prépare pour Tivajuut. Mon enfant a déjà prolongé la vie terrestre et la beauté de mes domestiques de façon significative. Et Valère est conscient de l'honneur qui lui est fait. Maintenant, ils iront servir Sedna dans son palais. Et d'autres servantes arriveront par le *Northern*, si telle est la volonté de mon enfant.

— Mais... Mais pourquoi être obligé de servir cette... cette Sedna ? balbutia Wilmard.

— Parce que je l'ai trahie. Après que ma fille se fut mariée avec l'homme-oiseau, son époux l'a emmenée dans les monts Groulx. Elle était malheureuse, prisonnière des caprices des hommes-oiseaux. Elle me suppliait en rêve d'aller la délivrer. J'ai hésité un moment avant de comprendre que les esprits m'envoyaient un message. J'ai finalement attelé mes chiens au traîneau en espérant que la glace des lacs tiendrait malgré le dégel. Le cométique a filé à l'intérieur des terres, tiré par les chiens. Et... Et je suis arrivé aux monts Groulx pendant le jour, alors que les hommes-oiseaux se reposaient de leur chasse nocturne. J'ai délivré Sedna de son nid, et nous avons pris la fuite. Par chance, le temps était clément. Nous avons pu retourner sur la côte du Labrador, là où se trouve aujourd'hui le village de Postville. Nous avons pris place dans un canot d'écorce sur la mer partiellement dégelée. Mais les esprits avaient décidé de notre sort et un déploiement nous cernait déjà : les hommes-oiseaux voulaient reprendre ma fille. Leur chef m'a dit qu'il m'épargnerait si je leur rendais mon enfant. La peur et la volonté de survivre à n'importe quel prix ont voilé mon esprit, magnétisé par le collier qu'il portait. Et après...

Des hoquets secouèrent la gorge du vieil homme. Wilmard le considéra en claquant des dents, de plus en plus affaibli par le froid.

— Ensuite, reprit Nayati, je me suis comporté d'une façon atroce. Comme si ce n'était pas moi qui agissais. J'étais toujours magnétisé par l'éclat du pendentif du chef des hommes-oiseaux, incapable de me détourner de cette volonté à laquelle on m'ordonnait de me soumettre. J'ai agrippé les longs cheveux de Sedna. Puis je l'ai… je l'ai jetée par-dessus bord, parmi les glaces fondantes.

Les épaules du vieil homme tressautèrent tandis qu'il sanglotait.

— Et après? demanda Wilmard, en se frictionnant le front d'une main molle, un genou appuyé sur la pierre plate pour s'empêcher de chanceler. Que s'est-il passé?

— Ma fille criait, criait, s'agrippait de toutes ses forces au bord du canot. Me suppliait, les lèvres violacées, de l'aider à remonter. Elle avait réussi à se hisser jusqu'aux épaules dans l'embarcation. Et ses yeux, ses yeux étaient aussi noirs que sa chevelure. Mes gestes ont continué à m'échapper. J'ai… j'ai pris la hache sous le banc. J'ai enfoncé le tranchant au-dessus de l'os de son épaule gauche. Et je lui ai… je lui ai coupé le bras. Il a coulé dans les eaux rougies. Mais ma fille continuait de me supplier, de s'agripper au canot avec son bras restant. En crachant du sang, elle m'a dit que je l'avais trahie. Que je *les* avais trahis. Que j'avais toujours refusé d'accepter sa nature véritable. J'ai abaissé la hache sur son autre bras, sans comprendre ce qu'elle voulait dire. Et… et… elle a sombré pour de bon. C'est la dernière fois que j'ai vu Sedna sous sa forme humaine.

Wilmard s'affaissa sur les pierres plates, incapable de demeurer debout une seconde de plus.

Le contrecoup de ces aveux, assurément, mais aussi de ses recherches dans les eaux glaciales.

Le vieil homme frotta nerveusement ses mains parcheminées avant de continuer :

— Ensuite, elle s'est *mélangée* aux eaux et a pris un ascendant sur certaines créatures marines. Les baleines, surtout. J'ai repris à cet instant le contrôle de mon corps. Je me suis senti souillé par ce que j'avais fait, indigne de vivre. J'ai essayé de me donner la mort. Mais Sedna m'en a empêché. Elle était déterminée à se venger, à ce que je me repente éternellement de l'avoir trahie. Elle refusait de croire que les hommes-oiseaux m'avaient possédé. Comme je ne pouvais pas mourir, j'ai tenté de lui échapper en fuyant dans ma barque, porté par le courant qui se frayait un passage entre les glaces. J'ai descendu la côte du Labrador avant d'obliquer vers l'ouest. Mais, au-dessus de moi, je voyais le mari de ma fille qui me suivait à la trace, ses ailes déployées, même si les autres hommes-oiseaux étaient retournés dans les monts Groulx. Ma fille aussi, du moins ce qu'elle était devenue, me poursuivait. Elle gonflait les eaux sous mon embarcation avec sa chevelure emmêlée. Après plusieurs jours d'errance, je me suis finalement échoué sur l'île Kanty. Là, alors que l'homme-oiseau allait refermer ses serres sur moi, j'ai saisi la hache qui avait mutilé mon enfant et je l'ai lancée sur lui. Elle s'est enfoncée à la jonction du torse et de l'aile droite. Il a plané un moment avant de s'effondrer, le dos tourné vers le ciel. J'ai couru vers lui, ai dégagé la hache pour la lui enfoncer dans la gorge. Trois fois. Ses ailes ont eu d'ultimes spasmes. Si je ne pouvais pas mourir, je serais au moins libéré de l'emprise de l'homme-oiseau. J'ai enfoui son corps tiède dans la neige, puis, lorsque la terre a dégelé, j'ai enterré son cadavre sur l'une des collines de l'île Kanty. Taliana m'a dit que sa tombe avait été récemment exhumée. Ma pauvre, pauvre fille… Après avoir tué l'homme-oiseau, j'étais encore plus déterminé à mourir pour expier mes fautes. Mais Sedna me l'a toujours refusé. Toujours… Même si je n'ai cessé de lui obéir. Parfois, elle me demande de lui offrir de la compagnie. Et des sacrifices. Pour sa propre fille, aussi. Car c'est d'elle que doit s'occuper Hypoline.

Wilmard tressaillit en entendant le nom de sa cousine. Avec un sursaut d'énergie, il s'enquit de nouveau :

— Qu'avez-vous fait d'elle ?

— Je te l'ai dit : Hypoline est avec ma fille. Et ma petite-fille. Celle que Sedna a conçue avec l'homme-oiseau avant que j'aille la délivrer de la ville suspendue. En mutilant la mère, j'ai aussi blessé l'enfant. Sedna portait son œuf fécondé dans son sac en bandes de peaux de phoques. Ma petite-fille patiente à l'intérieur de son œuf depuis des siècles, dans les profondeurs de l'archipel. Pour qu'elle naisse, il manquait l'apport d'une descendante de la lignée de Gérène, qui devait la *couver* au palais. Comme Hypoline.

— Et où ce « palais » se trouve-t-il ? s'empressa de demander Wilmard.

— Je ne peux pas te dire où est Nerrivik. Tu pourrais interférer dans le déroulement de la cérémonie de naissance. Nous avons besoin d'Hypoline pour l'instant. Mais tu la reverras peut-être. Il serait temps que la colère de ma fille s'apaise. Mais ce sera à elle de décider du moment.

Le cœur de Wilmard se serra. Il agrippa un pan du vêtement de Nayati et cria :

— Il est hors de question que j'attende ! Je veux revoir Hypoline maintenant !

Sans tenter de se défaire de la poigne du jeune homme, Nayati murmura :

— Je n'ai pas la puissance pour intervenir dans ses décisions. Elle a fait de moi son servant. Comme ces trois fidèles qui attendent la cérémonie d'immersion.

Wilmard relâcha sa prise. Ses yeux se portèrent sur les formes toujours couchées sur la grève. Des spasmes de plus en plus violents secouaient Valère et les domestiques de Nayati, leur corps paraissant jaspé de gouttelettes de pluie. Mais le sort du trio ne lui importait guère, surtout après la cérémonie à laquelle il avait assisté dans la caverne.

Il entendit les gémissements de Taliana se confondre aux vagues qui se retiraient. Elle se pétrissait les seins en crachant dans le sable un liquide cobalt mêlé de salive. Il se rappela ce que Nayati avait dit plus tôt : « Maintenant, ils iront servir Sedna dans son palais. »

Wilmard ramena son attention sur Nayati et lui dit sur un ton monocorde :

— Ce sont eux qui vont me guider jusqu'à Hypoline.

Livide, Nayati secoua la tête :

— Non, tu ne dois pas, tu vas interférer dans…

Le jeune homme n'entendit pas la suite. Il était déjà en marche, malgré ses membres ankylosés.

Il rejoignit Taliana qui agitait avec violence ses bras et ses jambes. Les sanies s'agglutinaient sur son épiderme et sur sa longue tresse. Ses membres, qui semblaient presque translucides, laissaient apparaître l'ensemble de son réseau veineux.

Wilmard s'accroupit à moins d'un mètre de Taliana, dont les vaisseaux sanguins, d'un bleu azuré, saillaient sous sa peau telles des racines. Étaient-ce des centaines de capillaires qu'il voyait bourgeonner, se contracter comme des digues prêtes à se rompre ? Il avait l'impression de distinguer, comme à travers un mirage, des continents qui se dessinaient sous la chair boursouflée de la jeune femme, des océans qui se gonflaient à l'imminence d'un raz-de-marée. Une pellicule de sueur recouvrait le corps souffrant de Taliana, perlant au rythme des pulsations effrénées de son cœur. En levant les yeux, Wilmard constata qu'il en était de même pour Adalie et Valère.

Comme pour lui donner raison, Valère poussa un cri de douleur, puis il se mit à ramper vers un rocher. Wilmard vit avec effroi des arêtes lui entamer la peau du torse. Il détourna les yeux. Adalie, allongée non loin sur un lit de coquillages pulvérisés, tenta de s'agripper à Valère. Des morceaux de racines rabougries se détachèrent de ses poignets. Un rictus déforma ses lèvres violettes. Frénétiquement, elle frotta ses jambes sur les sédiments. De plus en plus fort. Wilmard déglutit avec peine : elle s'arrêterait forcément avant qu'il ne soit trop tard… Mais la peau de la plus jeune des domestiques fut lacérée de plus en plus profondément, au gré des assauts répétés. Des flots bleus fusèrent de ses blessures.

À côté de Wilmard, Taliana s'écorchait maintenant avec minutie les bras sur le granit. Affolé, le jeune homme essaya de se relever, mais les forces lui manquèrent. Taliana poussa un long cri. De l'écume s'écoula de ses lèvres. Sur sa chair luisante, des écailles se détachaient, une à la fois. Wilmard n'en pouvait plus, il allait tourner de l'œil… Et sa voisine qui continuait de frotter son épiderme contre les pierres… Des trombes bleutées, continents entamés par l'océan, jaillirent des plaies. La peau de Taliana chatoyait, presque luminescente. Elle renversa la tête. Un jet d'eau claire fusa de ses lèvres. Adalie et Valère l'imitèrent.

Wilmard se prit le visage à deux mains. Il lui fallait lutter pour demeurer conscient. Entre ses doigts, il voyait des cloques bouillonner sur les chairs de Taliana, Adalie et Valère.

Non sans mal, le jeune homme tourna les yeux vers Nayati. Toujours assis sur la même pierre, le vieillard fixait l'horizon. Des cris d'animaux marins montaient des eaux du golfe ceinturant l'archipel. À la surface des vagues, des formes serpentines et filandreuses se mouvaient.

Près de lui, Taliana se mit à ramper vers la mer, sa peau pelant par larges plaques. Wilmard voulut se lever, mais il sentit sa tête pencher violemment vers l'avant. Que lui arrivait-il ? Il lui fallait lutter. Rester…

Les traits de Taliana étaient à présent si ridés que son apparence défiait l'entendement. Avec constance, elle continuait de ramper vers le fleuve, ses bras et ses jambes frottant contre les pierres coupantes. À travers un voile d'irréalité, Wilmard vit que les muscles de l'épaule de Taliana étaient en train de se déchirer. D'un coup sec, la jeune femme planta ses dents dans l'articulation disloquée. D'un claquement de mâchoire, elle arracha ce qui lui restait de tendons. La tête de Wilmard était si lourde. Il fallait… Rester…

Des algues surgirent à ce moment des eaux, étirant leurs tiges luisantes et emmêlées vers la rive. Il fallait… Le sang pulsa violemment dans les tempes de Wilmard. Rester…

À la périphérie de son regard, Valère achevait de ronger sa jambe droite.

Wilmard entendit les vagues flageller les rochers. Rester… Il fallait…

Mémoires de Wilmard Boudreau

12 septembre

Force m'est d'admettre que j'ai négligé mes mé-moires ce trimestre. Il est vrai que je n'avais guère le cœur à écrire après les déplorables événements qui se sont déroulés sur l'île du Chat, en plus d'avoir été cloué au lit deux semaines durant par la fièvre. Tempus fugit.

Le malheur s'échine sur nous à l'île Kanty ; hélas, malgré mes recherches intensives, Hypoline demeure toujours à distance des siens et de sa patrie. Il n'en reste néanmoins que je continue de l'entendre et de tenter de la retrouver. Cependant, son appel est plus diffus, comme si ma cousine s'était éloignée de la Côte pour dériver quelque part au nord-est. Mon père, plus taciturne que jamais, m'a confirmé que, là-bas, ce sont les terres dites du Labrador, au littoral dentelé où s'accroche la toundra. Anselme se borne à éviter la moindre mention de ma cousine ; pourtant, le soir venu, au terme d'une harassante journée à façonner ses tonneaux pour les compagnies maritimes, je le vois sonder l'horizon en quête d'Hypoline. Aussi, je me joins à lui face à ce paysage qui porte le germe des toiles de maîtres, l'étrange enfant de l'île Providence endormie sur mes genoux.

Combien de semaines se sont écoulées depuis que je l'ai recueillie ? Six ou sept, certainement. L'enfant, que j'ai prénommée Sora, qui signifie « l'oiseau chantant qui prend son envol », égaie parfois mon insurmontable tristesse, lorsque je réussis à me consoler en me disant que l'important est qu'Hypoline vive quelque part. Je m'explique difficilement ce qui s'est passé le jour de la naissance de Sora. Deux semaines après la cérémonie de Tivajuut, j'arpentais l'île Providence avec l'espérance de retrouver des traces de ma cousine. J'entendais revoir l'instant au cours duquel Hypoline s'était dérobée, je souhaitais distinguer quelque indice que je n'avais pu concevoir précédemment. J'avais souvenir de ses gestes somnambuliques jusqu'à la barque baignée de nuit, de ses pas qui l'avaient guidée dans le nid de pierres qui s'était révélé être le dos d'un Léviathan.

Le jour où j'ai trouvé l'enfant, un monticule similaire s'élevait sur l'île Providence. Point de doute que je ne l'avais jamais aperçu auparavant. La prudence m'avait mené vers les curieuses pierres, mouchetées de terre et de brindilles, ainsi que de baies de chicouté séchées. Il s'ensuit que le plus prodigieux de ma découverte avait élu domicile au milieu du nid. Au fond d'un lit de gravats, un œuf de grande taille, beige et filandreux, vibrait. La coquille remuait comme si elle était prête à s'ouvrir. J'avais envisagé de partir, mû par un mauvais pressentiment ; a contrario, je m'étais approché. La fascination avait vaincu la crainte.

La chaleur de la coque m'avait tiédi les paumes ; lentement, les parois s'étaient fendues sous mes doigts hésitants. En proie à l'inquiétude, j'avais vu l'enveloppe se craqueler de haut en bas en sillons désordonnés ; un liquide marron s'en était écoulé. L'œuf continuait de se morceler. Dans l'une des craquelures avait point l'ombre d'un minuscule nez. L'effroi m'avait saisi. De suite, l'ensemble du visage avait suivi et était venu tempérer ma réaction d'origine. Les traits d'un nouveau-né, enduits d'une glaire sablonneuse, s'étaient révélés.

Un faible cri avait fusé de la gorge de l'enfant tandis que sa libération s'ensuivait. La coquille s'était rompue sur toute sa longueur, et de larges esquilles s'étaient éparpillées autour de l'improbable nourrisson.

Alors j'avais vu l'infortune qui était la sienne. Dépourvue de bras, la petite fille se trémoussait dans ce qui restait de son œuf, de longs cheveux noirs plaqués sur son corps desséché. Point de doute que son visage, rond et cuivré, était d'une incroyable pureté, serti d'yeux gris et bridés. La fragilité de l'enfant, sa courte taille et ses jambes qui remuaient à peine m'avaient harponné. J'avais supposé qu'elle était glacée par l'air ambiant de la brunante. Aussi j'avais senti la pitié m'étreindre et j'avais recueilli la petite fille dans mes bras.

J'avais remarqué à ce moment le pendentif sous la coquille, qu'accrochaient les rayons inclinés du soleil. Quelles étaient les chances que je retrouve ici le collier que portait Hypoline le jour de sa disparition ?

J'eus la présence d'esprit d'emmailloter l'enfant dans mon manteau, même si j'étais tourmenté par des sentiments contraires. Indubitablement, la petite fille au nid de pierres était liée à l'enlèvement de ma cousine et aux forces séculaires qui peuplaient l'archipel. Il était possible qu'il s'agisse de la fille de cette maîtresse des animaux marins… Peut-être qu'en gardant l'enfant, je comprendrais de quelle manière parvenir à Hypoline.

Convaincu du bien-fondé de mes suppositions, j'avais déposé le nouveau-né dans la barque. Les eaux étaient calmes, nimbées d'un coucher de soleil safrané qui aurait fait un arrière-plan parfait pour l'une de mes natures mortes. Si seulement j'avais eu le cœur à peindre…

Au fond de l'embarcation, la petite me fixait avec la constance d'un oiseau de proie. Au retour, j'avais montré l'enfant à mon père, qui n'avait pu la souffrir. Il avait d'abord essayé de me convaincre de l'envoyer chez les Marcoux, inconsolables depuis la disparition de leur fils cadet. Il n'en reste pas moins qu'Anselme s'est habitué un peu à Sora ; il est vrai que ses gazouillements emplissent la maison, si vide depuis qu'Hypoline ne l'égaie plus de sa lumineuse présence.

Comme de coutume, j'avais réitéré ce jour-là mon serment de retrouver ma cousine, promesse que je renouvelle chaque soir face à l'horizon, où je fouille du regard la cruelle brunante.

Deuxième partie

1921

1

L'oiseau chantant qui prend son envol

Sora pressa le frein installé sous le tableau de bord. Juché sur son épaule droite, près de l'endroit où aurait dû commencer son bras, son oiseau de proie s'ébroua. La baleine ralentit. Dans la pénombre de la cabine entièrement étanche, des leviers scintillants permettaient de diriger l'immense cétacé. La fille adoptive de Wilmard se dit encore une fois que Nayati avait su exploiter au maximum les possibilités de locomotion offertes par les baleines, capables de franchir des dizaines de kilomètres en une seule journée. Le vieil homme avait tiré profit de son incroyable longévité pour apprendre et maîtriser plusieurs connaissances scientifiques, entre autres la biologie des mammifères marins. Élevés dès la naissance avec des habitacles extensibles dans leur ventre, les cétacés cohabitaient harmonieusement avec leurs passagers. Cette promiscuité se poursuivait jusqu'au terme de leur existence, dans les méandres de Qimiujarmiut, la nécropole aquatique.

Sora s'approcha du périscope qui perçait l'un des évents de la baleine. Ses longs cheveux noirs emmêlés, qui voilaient les moignons de ses bras, formèrent un rempart entre son corps et le tableau de bord. La conductrice distingua la baie où était niché le village de Makkovik. Son cœur se serra dans sa poitrine quand elle songea que sa mère était née sur ces terres, des siècles auparavant. Elle avait toujours redouté d'y mettre les pieds. D'une certaine manière, c'est à cet endroit que leurs malheurs communs avaient commencé. Elle n'aurait jamais pensé qu'Hypoline se serait réfugiée dans ce village de moins de quatre cents habitants du Labrador. Car, contre toute attente, il semblait qu'elle était encore vivante.

Sora considéra les panneaux de la cabine. D'un signe de tête, elle somma sa buse de presser un bouton enchâssé dans la paroi. Olof s'exécuta sans attendre. Une ouverture coulissa dans le flanc du mammifère marin. Sora s'introduisit dans le passage, sa robe couleur sable, à laquelle était cousu un tablier, plaquée contre son corps maigre. L'animal s'agitait, impatient de plonger dans les eaux de la baie d'Ungava, abondantes en krill. Mais il demeurerait ici pendant qu'elle parcourrait Makkovik pour retrouver Hypoline.

Afin d'immobiliser complètement la baleine, Sora demanda à son rapace d'activer l'une des touches du tableau de bord, qui injecta une solution calmante au cétacé. Elle laissa fuser un long soupir pendant que la respiration du mammifère marin ralentissait. Depuis l'enfance, elle s'était toujours sentie ambivalente à l'égard du désir de vengeance de sa mère. Tout comme celle-ci, elle en voulait à Nayati de les avoir jetées par-dessus bord alors que les hommes-oiseaux encerclaient sa barque.

Mais elle ne pouvait s'empêcher d'être fascinée par les connaissances du vieil homme. Parfois, quand elle était petite et que Wilmard partait écumer l'archipel en quête d'Hypoline, elle se réfugiait dans le laboratoire de Nayati, entre les tables d'opération croulant sous les bocaux et les fioles. Son grand-père lui avait appris l'écriture, les sciences et la magie, et lui avait parlé de ses origines hybrides. Selon lui, elle ressemblait de manière frappante à sa mère, à l'exception de ses jambes courbées vers l'intérieur, mais possédait une personnalité plus semblable à celle des hommes-oiseaux. L'aversion pour l'eau, par exemple, répandue parmi les mâles de la tribu, se traduisait chez Sora par une véritable allergie. Sous peine de subir des brûlures, sa peau ne supportait pas d'être en contact avec la plus infime gouttelette. Sa relation privilégiée avec les oiseaux était aussi un héritage paternel.

Sora descendit de la cabine hermétique. Avec une pointe d'angoisse, elle scruta la grève, parsemée de varech et de coquillages encore humides. Elle leva la tête vers le ciel, exempt de nuages. Un soleil de début d'automne caressa son visage creusé de cicatrices. Son châle dissimulait en partie les brûlures qui marbraient son front et ses joues. Non sans douleur, Sora se remémora cette fois où, âgée de sept ans, elle avait couru sous une pluie corrosive, les gouttelettes calcinant sa peau nue. Wilmard l'avait rejointe avec une couverture, dans laquelle il l'avait gardée emmaillotée jusqu'à ce que s'apaisent les feux sur sa chair incendiée.

Persuadée que le beau temps durerait, Sora décida de se passer de sa couverture imperméable, qui lui attirait toujours des regards inquisiteurs. Elle vérifia que son embarcation n'était pas trop visible du village, immobilisée dans un renfoncement de la berge effrangée. Puis Sora se fraya un passage entre les flaques qui criblaient la rive. Elle plissa ses yeux, perçants comme ceux des oiseaux de proie, afin de détailler les environs. Érigé dans une baie entre deux montagnes piquetées d'arbres rabougris, le village de Makkovik étalait ses maisons colorées. Au loin, des éminences plus hautes et dépouillées, que les habitants du Labrador nommaient « gros mornes », ceinturaient la petite communauté. Des jetées de pierre s'avançaient dans l'anse, ainsi que des bandes de terre où apparaissaient des roches cuirassées de mousse jaunâtre. Entre les demeures en bois surveillées pour certaines par des chiens, quelques bosquets et conifères croissaient sur un sol percé de crêtes de granit.

Sora s'engagea sur un sentier, rassurée par la sécheresse de la terre. Olof volait au-dessus de sa tête. Bientôt, une demi-douzaine de rapaces le rejoignirent. Selon Nayati, la fuite d'Hypoline était responsable du handicap de sa petite-fille. Mais Sora n'avait jamais pu demander de vive voix à Sedna ce qui s'était passé ce jour-là : à cause de son intolérance aiguë à l'eau, elle n'avait eu aucune occasion de communiquer avec sa mère. Elle ne connaissait donc que la version de son grand-père, qui disait qu'Hypoline, emmenée de force dans les souterrains du palais, avait refusé d'utiliser complètement ses dons. Elle aurait dû couver l'œuf de Sora pendant des semaines, en compagnie de

Sedna, qui enserrait la coquille de ses cheveux pour l'amener enfin à terme. L'apport d'Hypoline, sorcière et descendante métissée de la lignée de Gérène, était essentiel. Mais la couveuse s'était rebellée : armée d'un harpon, elle avait pris un servant en otage. Elle l'avait ensuite forcé à conduire l'une des baleines mécanisées de Nayati, sans que personne ne puisse jamais la retrouver. La faiblesse de Sedna, épuisée par ses efforts pour insuffler de la chaleur à son œuf figé depuis des siècles, l'avait empêchée de poursuivre la fuyarde. Quelques semaines plus tard, le servant avait été découvert noyé près de La Tabatière, ce qui avait fait supposer, devant l'absence d'autres pistes, qu'Hypoline avait subi un sort identique.

Sora serra les dents. À présent qu'elle avait découvert le repaire d'Hypoline, elle lui ferait payer sa fuite. Dommage qu'elle ait dû attendre quarante-huit ans pour obtenir réparation, que Sedna n'ait perçu sa présence sur ces terres du Labrador que récemment, après avoir recruté au palais une servante d'un village voisin. Ils avaient tous préféré croire en la mort d'Hypoline, hypothèse qui leur apportait une certaine satisfaction, alors que la cousine de Wilmard avait usé de ruse, en dispersant probablement autour de sa demeure une poudre de protection. Barricade dont l'efficacité s'était sans doute atténuée avec les années. Ou peut-être qu'Hypoline avait baissé sa garde. Le temps que s'estompe la colère de la maîtresse des animaux marins semblait venu. Sa rancœur, après des siècles de ressassement, paraissait enfin prête à endiguer ses flots de tempêtes.

Prudente, Sora adressa un signe de tête à Olof. Sa buse survola un bosquet, où elle se posa. Elle brandit un bâton fourchu entre son bec. Les rapaces qui les avaient rejoints soulevèrent délicatement le long châle de Sora. Ils fixèrent le morceau de bois dans sa chevelure interminable, entre deux fragments d'algues séchées. Ainsi parée, la petite-fille de Nayati avança sur le sentier, attentive aux fléchissements de la branche. Depuis toujours, elle savait repérer les sources, qu'elle s'efforçait souvent de tarir. L'archipel de Tête-à-la-Baleine s'était asséché au fur et à mesure que l'endroit se peuplait. Avec les années, Sora avait décidé de quitter l'île Kanty en faveur du continent, sur lequel le village de Du Ruisseau, beaucoup moins sujet aux infiltrations, gagnait en densité. Mais à Makkovik, dans la péninsule dentelée du Labrador, elle se sentait relativement en sécurité, sans doute parce que la lointaine protection de sa mère, née ici en des temps reculés, subsistait sur ces terres.

Deux pêcheurs cheminaient dans sa direction, une barque renversée sur leurs épaules. Les hommes dépassèrent une maison rafistolée. Sora s'avança vers eux en esquissant un simulacre de sourire. Le plus vieux des villageois, probablement le père du jeune homme, la jaugea. Derrière lui, le second pêcheur fixait le tronc sans bras de Sora. Elle se racla la gorge, avant de s'enquérir :

— Je cherche une Hypoline. On m'a dit qu'elle demeurait à Makkovik.

Le pêcheur le plus âgé hésita. Il releva avec suspicion la tête vers les oiseaux de proie qui les survolaient.

— Vous voulez dire Poline ? répondit le plus jeune d'une voix hachurée. Il y a bien une Poline qui vit sur le gros morne.

Il désigna la montagne cuivrée derrière eux, avant de la mettre en garde.

— C'est une bonne guérisseuse. Mais certains jours, elle tient des propos bizarres.

— Comme quoi ?… demanda Sora.

— Ben… comme qu'elle aurait déjà séjourné dans le ventre d'une baleine.

— Une prétendue Jonas, se moqua le plus vieux des deux hommes, presque sans desserrer les lèvres.

Sora les remercia en s'efforçant de sourire. Elle n'avait jamais été très expressive, un peu farouche même, comme Wilmard le lui avait parfois reproché. Sauf lorsqu'elle se lavait dans le sable, moments où elle démontrait un certain penchant pour l'exhibitionnisme quand Wilmard l'épiait. Leurs rapports avaient toujours été si ambigus, encore plus depuis qu'il vivait dans la serre.

Tandis que les pêcheurs reprenaient leur descente du versant en direction du quai, Sora rallia un chemin qui étalait son tracé ondoyant entre les affleurements rocheux. Son bâton oscillait. De temps à autre, il révélait l'emplacement d'un ruisseau ou d'un filet d'eau, qu'elle contournait. S'armant de courage, Sora entreprit de gravir le gros morne, les rapaces, à l'exception d'Olof, s'éloignant peu à peu. Une fois pour toutes, elle trouverait Hypoline. Et peut-être qu'il lui serait possible de revenir en arrière.

2

Sur le rivage de Makkovik

Sora poussa du pied une poignée de cristaux qu'Olof avait retirés de son tablier. Le ruisseau crépita et de la vapeur s'en éleva. Sa branche fourchue toujours nouée dans sa chevelure, la sourcière poursuivit son ascension, en équilibre précaire.

Elle repéra la maison construite sur le promontoire. Avec ses planches usées, la minuscule demeure ressemblait à la cabane où les pêcheurs préparaient les morues sur l'île de la Passe. Cloué dans un arbre, un écriteau indiquait : *Poline / Apothicaire*. La porte était grande ouverte. En proie à l'appréhension, Sora se dirigea vers l'habitation. Des arômes poivrés l'assaillirent, mêlés aux odeurs salines que charriaient, même à cette hauteur, les vents du large.

Le front plissé, Sora s'approcha de l'entrée. Olof vint se jucher sur son épaule. La construction, pourvue d'une unique pièce, se révéla déserte. L'endroit était en désordre, comme si son occupante s'était enfuie précipitamment. Des pots de verre et des fioles gisaient sur le sol, fracturés en éclats coupants, répandus entre des fragments de papier, des casseroles en fonte et des meubles renversés. Sora fit signe à son oiseau de rassembler les quelques feuilles de papier qui s'étaient déversées d'une boîte métallique. Après qu'Olof eut placé l'ensemble des feuilles sur un comptoir, sa maîtresse comprit qu'il s'agissait de missives. Malgré l'encre qui s'étalait en traînées noircies, elle entreprit d'en déchiffrer le contenu.

20 août 1873

Cher Wilmard,
Je ne sais pas si je t'enverrai cette lettre par l'entremise d'un messager
Ce serait vous mettre en danger, mon oncle et toi. Je voulais simplement te dire   toujours vivante. Grâce au périmètre de protection   me cache à Makkovik pour votre sécurité et que…

La suite était illisible. Sora baissa le menton. La seconde missive s'avéra moins délavée :

3 septembre 1873

Cher Wilmard,
Si je n'étais pas certaine de vous mettre en danger, Anselme et toi, je n'hésiterais pas à te faire parvenir cette lettre. Je n'ai de cesse de songer à mon séjour comme couveuse dans ce palais qu'ils nomment Nerrivik. J'étais quelque part sous l'archipel, à l'intérieur d'un dédale de cavernes souterraines. Il y avait une dizaine de servants et de servantes, dont Taliana et Adalie. Elles m'ont attachée

*et m'ont mis entre les cuisses un œuf
de grande taille, déposé dans un nid
d'algues et de cheveux pourvus d'une vie
autonome. Elles tenaient des propos
incompréhensibles sur ma mère, qu'elles
qualifiaient de sorcière. Selon elles,
nous sommes des descendantes mé-
tissées de la lignée de Gérène, et je suis
la candidate idéale pour porter à terme
ce qui vit dans l'œuf. Taliana et Adalie
parlaient aussi d'une météorite qui se
serait écrasée il y a très longtemps dans
la région de Manicouagan. J'aime-
rais tant partir d'ici, Wilmard, si tu
savais...*

Troublée, Sora demanda à Olof de lui montrer une autre lettre, déchirée en son centre. L'oiseau de proie émit un bref cri, alors qu'elle commençait à lire :

16 février 1874

Cher Wilmard,
*Parfois, je repense à mon séjour dans
le ventre de la baleine, avant qu'elle ne
s'immobilise sur le rivage de Makkovik.
À l'œuf que j'ai abandonné sur l'île
Providence plutôt que de le briser sur
un rocher, au serviteur que j'ai jeté par-
dessus bord près de La Tabatière alors
qu'il venait d'essayer de me tuer. Du
reste, je suis parvenue à me rendre utile
ici grâce aux enseignements d'apothicaire de ma mère. Ainsi, j'ai ouvert un*

> *cabinet pour guérir les maux de la*
> *chair et parfois ceux de l'esprit…*

Tant bien que mal, la fille adoptive de Wilmard réussit à décrypter en partie la fin de la missive :

> *pour cette raison que Barthélémy*
> *était un enfant-démon. Un cambion.*
> *Fruit de l'accouplement entre sorcier et*
> *être bisexué. Ta mère avait forcément*
> *pactisé*

> *un jour,*
> *réparation devra être faite auprès des*
> *hommes-oiseaux des monts Groulx*

> *Pour Sedna qu'ils*
> *Le dernier*
> *d'entre eux descendra de son nid, et il*

> *Tu sais, Wilmard, comme j'aimerais*
> *re…*

Sora reporta son attention sur ce qui l'entourait. Un lit défait s'allongeait à droite du meuble. Des plumes d'oie de l'oreiller, éparpillées sur les couvertures et le plancher, formaient une pellicule cendreuse. Sur le mur opposé, une large tablette s'incurvait sous le poids des bocaux et des fioles qui n'avaient pas roulé sur le sol. Sora approcha la tête des contenants encore étanches. Des fragments de chair noircie surnageaient dans certains d'entre eux. D'autres abritaient ce qui s'apparentait à du sang épais coagulé.

Sora eut un mouvement de recul qui fit retomber les lettres sur le plancher. Elle heurta l'un des bocaux, qui chuta et se fissura à ses pieds. Une odeur de terre renversée s'éleva. Un intense désir de tuer vibra aussitôt dans sa poitrine. Elle cria en s'écartant. Hypoline purgeait-elle vraiment les vices, en plus des maux de la chair ?

La sourcière écrasa les lettres sous ses semelles, contrariée de ne pas avoir trouvé l'apothicaire. Des éclats de verre craquèrent sous ses pieds. Les mâchoires serrées, elle examina le contenu de la pièce une dernière fois, en quête d'un indice pour retrouver Hypoline. Mais la fugitive, grâce à ses dons, avait visiblement *senti* son arrivée.

Sora soupira en s'éloignant de la maison. Olof revint se percher sur son épaule avec un piaulement. La sourcière pensa à Sedna, trahie par les hommes-oiseaux et par Nayati, à Hypoline qui s'était jadis échappée dans le ventre d'une baleine. Nul doute, sa mère serait furieuse qu'elle n'ait pas retrouvé l'apothicaire. Sedna lèverait une tempête virulente sur l'archipel, ses cheveux s'emmêlant en hautes marées au gré de son courroux.

La fille adoptive de Wilmard poussa un gémissement de colère et de détresse. Elle remarqua, alarmée, que le ciel s'était ombragé pendant que, plongée dans ses pensées, elle fouillait la maison d'Hypoline. Elle redressa la tête vers les nuages ternis par la grisaille en se fustigeant d'avoir laissé sa couverture imperméable dans son embarcation. Elle avait été préoccupée par la situation, avait été bêtement distraite, alors que Wilmard lui avait souvent répété par le passé de ne jamais se séparer du tissu étanche.

Pour couronner ses craintes, une gouttelette chuta sur sa joue droite. Elle s'y enlisa comme une braise échappée d'un feu de camp. Sora cria de douleur avant de se mettre à courir en direction de la berge. La tête penchée, elle dévala le sentier du gros morne, sous le regard ahuri de quelques villageois. La brûlure forait une brèche incandescente dans son épiderme. Elle sentit une cloque gonfler sur son visage. Au-dessus de Sora, Olof et la demi-douzaine de rapaces qui étaient revenus tentaient de former un paravent de plumes. La pluie y ricochait tandis qu'elle se ruait vers son embarcation.

Plus loin dans la baie, les pêcheurs avec qui elle avait discuté la suivirent des yeux. Elle les ignora et disparut derrière les rochers effilés. En vain, la fille adoptive de Wilmard secoua la tête pour atténuer la brûlure sur sa joue. Aussi vite que possible, Olof appuya sur la commande qui fit coulisser le portail. Sora se précipita en criant dans le ventre de la baleine endormie.

Mémoires de Sora Boudreau

27 septembre

Comme mon grand-père me l'a suggéré, j'ai décidé de relater quelques-uns de mes souvenirs. Mon aïeul les écrira pour moi dans un cahier relié en cuir de morse. Ni peine ni misère ne devront être éclipsées de mes récits, qui en aucun cas ne tiendront compte de la présence de Nayati. C'est lui qui a insisté sur cet aspect. Pour celui qui m'a vue grandir, je possède une existence d'exception qui doit traverser le temps. De ces mémoires, j'aspire aussi à comprendre pourquoi le golfe me garde depuis toujours à distance.

Il me semble qu'il en a constamment été ainsi. Quand j'étais enfant, je prenais déjà des bains de sable dans le potager en friche d'Hypoline. Il y avait longtemps qu'Anselme et Wilmard avaient déplacé les ossements vétustes de l'homme-oiseau, qui reposait désormais au cimetière de l'île Kanty, sous une stèle anonyme. Celui que je qualifiais de père adoptif avait aménagé un second potager, situé sur une éminence baignée de lumière. Là, Wilmard se permettait de planter des légumes, à distance raisonnable de l'ancienne sépulture de *l'homme-oiseau. Que j'aimais m'allonger dans la terre, sentir ma jupe se trousser et laisser les grains cingler âprement ma peau! Je me frottais alors contre le sol afin de me délester des souillures qui s'accrochaient à ma chair.*

Tandis que le temps passait, Wilmard, homme fait, épiait de plus en plus couramment mes rituels de purification. Le regard dissimulé sous son feutre large, il feignait de contempler le jour pâlissant, sa main droite lissant distraitement sa moustache. Souvent, en fin d'après-midi, il partait chercher des traces de sa cousine, dont il se bornait à espérer le retour. Il continuait à se faire de la bile pour elle, à affirmer qu'il percevait son lointain appel. À écumer les flots avec régularité sans jamais se laisser vaincre par l'abattement. Je préférais croire qu'elle avait depuis longtemps été rongée par la flore marine. Alors Wilmard demeurerait à moi seule, aucune autre femme ne se blottirait dans son lit pour se réchauffer tandis qu'Anselme dormait.

J'aimais Anselme, bien qu'il n'ait jamais pu entièrement se départir de sa méfiance à mon égard. Il ne s'était jamais laissé convaincre par le récit de cette étrange cérémonie d'immersion à laquelle son fils affirmait avoir assisté. Wilmard ne souffrait-il pas de fièvre à ce moment-là? Selon lui, le mal avait simplement altéré l'esprit fatigué de son enfant.

Du reste, Anselme avait d'autres soucis: presque tout le jour, père et fils fabriquaient des tonneaux, dans l'espérance d'oublier leurs malheurs communs. Le commerce avec les goélettes était florissant à l'ouest du détroit de Belle Isle. Comme Anselme l'avait prophétisé, les lieux étaient plus fréquentés. Même le postier de la Côte-Nord, Jos Hébert, avait élu domicile sur l'île de la Passe. Invariablement, des bateaux faisaient escale à l'île Kanty. Par dizaines, les marins achetaient des barriques au père de Wilmard afin de garder fraîches leurs morues.

Inapte à façonner des tonneaux, je marchandais sur la grève avec les marins. Je m'appliquais à dissimuler les moignons de mes épaules sous mon châle et mon épaisse chevelure. Mais ces grands voyageurs avaient l'habitude des étrangetés de la nature. Il arrivait même que les navigateurs se laissent émouvoir par ma difformité et qu'ils déboursent pour leurs achats un prix légèrement plus élevé. Anselme continuait donc de m'héberger. Je veillais à me montrer obéissante, à ne visiter mon grand-père que lorsque Wilmard partait chercher sa cousine dans l'archipel ou quand Anselme dormait profondément. Un matin de janvier 1889, Wilmard et moi avons d'ailleurs eu la tristesse de retrouver Anselme inerte dans son lit. Il avait été fauché paisiblement pendant son sommeil.

Dès lors, les rapports entre Wilmard et moi devinrent plus francs. Il sondait toujours le firmament, au soir, avec ce même regard implorant, mais il paraissait s'intéresser davantage à ma présence. Ses recherches dans l'archipel s'espacèrent quelque peu. Souvent, nous nous installions devant l'une de ses natures mortes inachevées, qu'il recouvrait de cendres et de pigments achetés aux marins. Parfois, Wilmard allumait un feu près duquel nous prenions place. Il me fardait d'abord les joues avec des feuilles d'orme. Puis il peignait mes longs cheveux face au soleil couchant, fasciné par les reflets bleutés que le crépuscule y faisait chatoyer. Comme ma chevelure s'emmêlait aisément, il insérait ses doigts entre les mèches rétives, les laissait glisser jusqu'à ce que mes cheveux redeviennent lisses. Parfois, il effleurait au passage mes moignons du bout des doigts, les caressait avec une pince de crabe desséchée ou un fragment de coquillage. Il finissait par s'enhardir et par appuyer son visage sur le renflement. Parfois aussi, quand il revenait de vendre des barriques dans le bâtiment qui servait de fonderie aux villageois, il lui arrivait d'entrer, ivre, dans ma chambre. Alors, il pressait ses hanches sur mes épaules, et je l'encourageais à poursuivre.

J'étais maintenant presque adulte. Pour le provoquer, je me nettoyais de plus en plus souvent dans l'ancien potager, nue, le soir venu. Je frottais mes hanches et mon bas-ventre contre la terre, au fait que Wilmard se caressait à l'ombre d'une gouttière, trahi par sa chevelure voyante. De temps à autre, il répandait sa semence dans la terre encore chaude, quelques instants après mon départ. Je ne pouvais que m'enhardir. Tandis que cet automne, celui de 1889, s'installait, nous unîmes nos corps pour la première fois. J'ignorais que mon amoureux me serait enlevé un peu plus de deux décennies plus tard.

À l'hiver 1918, la grippe espagnole fit des ravages sur le littoral. Le mal avait d'abord sévi à Hébron, la mission la plus septentrionale des Moraves, au Labrador. Puis il était descendu le long de la Côte jusque dans l'archipel. Les habitants de l'île Kanty n'avaient pas été épargnés par le fléau. Quelques-uns des Marcoux succombèrent à la terrible maladie. Et mon Wilmard toussait, livide, en proie à une fièvre persistante.

Craignant pour sa vie, je demandai à Nayati de nous amener sur le continent pour consulter un médecin. Nous accostâmes au village de Du Ruisseau, mais Wilmard s'éteignit sur le rivage dans un long râle, parmi les coquillages fêlés et les menus ossements qu'il avait aimé ramasser son existence durant. Je criai de désespoir pendant tout le voyage de retour. Nayati m'aida finalement à disposer du corps. C'est dans ma serre que je voulus le ramener à la vie pour la première fois. Mon grand-père s'opposa d'abord à ma volonté. Mais il se laissa convaincre par l'ampleur de ma détresse. Après avoir consulté l'un de ses ouvrages, il posa des morceaux de méduse fraîchement pêchés sur les yeux révulsés de Wilmard. Mon amoureux frémit. Je sentis mon cœur recommencer à battre. Mais je ne savais pas que beaucoup d'autres morts guettaient encore Wilmard...

3

Peshu

Le mammifère marin s'immobilisa brusquement dans une baie de Tête-à-la-Baleine. La poitrine de Sora percuta le tableau de bord. Elle geignit avant de se relever, les jambes flageolantes. Elle émergea de l'habitacle, sa couverture imperméable sur la tête, sa brûlure badigeonnée sommairement par Olof d'une pommade de l'invention de Nayati. La sourcière fit quelques pas sur une portion sèche de la grève, à partir de laquelle elle apercevait le village de Du Ruisseau, sur le continent. Les habitants de cette partie de la Côte y migraient l'hiver, après avoir passé l'été dans l'archipel de Tête-à-la-Baleine, où la pêche était faste. Presque toutes les familles s'adonnaient à cette transhumance ; au gré des saisons, elles vivaient dans les îles ou sur la Côte, se rapprochant de la forêt et de son indispensable bois de chauffage l'hiver venu. Sora distinguait d'ailleurs à l'horizon une famille qui regagnait prématurément le continent, entassée dans une embarcation alourdie par les caisses.

La sourcière s'éloigna de la baie au littoral accidenté, Olof juché sur son épaule. Désormais libre de ses mouvements, la solution calmante ne faisant plus effet, la baleine replongea dans le golfe. Sa nageoire dorsale jaillit des vagues alors que le cétacé s'éclipsait dans les eaux mobiles. Sora fulminait. Elle aurait tant voulu coincer Hypoline à Makkovik. Où se trouvait sa rivale, à présent ? Avait-elle remonté la côte du Labrador en direction d'une mission morave délabrée, gagné l'intérieur des terres vers le lac Melville, ou était-elle descendue jusqu'à Terre-Neuve, voire aux îles de la Madeleine ? À moins qu'elle ne soit revenue dans l'archipel ? Mais, pour qu'elle puisse voyager par la voie maritime, il fallait que sa mère, qui gouvernait les animaux marins, autorise ses déplacements. L'avait-elle rapatriée ici après avoir finalement localisé sa présence ?

Sora sonda le ciel d'un bleu délavé, son front froissé par un pli soucieux. Elle se racla nerveusement la gorge. Une toux sèche fusa de ses lèvres. Elle se demanda depuis combien de temps elle n'avait pas consommé de liquide. Il y avait un moment qu'elle n'était pas allée à la serre…

La sourcière s'engagea sur l'une des routes de terre de la petite communauté, ceinte de montagnes basses. Des épinettes chétives, enracinées dans une mousse d'un vert laiteux, se cramponnaient aux affleurements de granit. Quelques maisons en tôle aux toits en pente bordaient le chemin sinueux, enclavé d'épilobes fanés. Le silence coulait sur les habitations. La brise, effleurant la rivière au centre du village, rasait les bosquets d'herbes hautes.

Sous le regard attentif de son rapace, Sora monta en direction de l'un des sommets. Elle louvoya sous le couvert des arbres dispersés. À mesure que son ascension se poursuivait, les conifères devenaient de plus en plus malingres. Les insectes se raréfièrent, chassés par l'air frais des hauteurs. Mais cette montagne, à l'instar de celles de la Basse-Côte-Nord, n'était pas très élevée au-dessus du niveau de la mer. Elle offrait néanmoins une perspective saisissante sur le village de Du Ruisseau et sur l'archipel, qui égrenait ses îles comme les débris d'une épave.

Sora reprit son souffle au sommet. Machinalement, elle repéra le rocher en forme de tête de baleine. Il surmontait les eaux, Léviathan pétrifié dans les marées déclinantes. Puis la sourcière tourna le dos au Saint-Laurent pour gagner l'autre versant de la montagne.

Elle s'approcha de l'une des anfractuosités qui permettait d'entrer à l'intérieur de la serre. Un peu déséquilibrée, elle s'introduisit dans la brèche obscurcie. Avec un froissement d'ailes, Olof s'engagea à sa suite dans le passage. Quelques mètres en aval, la luminosité devint plus vive. La sourcière plissa les paupières. Un toit vitré s'allongeait au-dessus d'une pièce étanche, blottie dans un renflement de la montagne.

Sora se redressa, la robe maculée de terre. Elle secoua la tête afin de se libérer de sa couverture imperméable. Son oiseau de proie se percha sur une plante au feuillage dense. Il plongea son bec au centre du végétal, qu'il commença à picorer vigoureusement.

— Prends ton temps, Olof, le sermonna-t-elle.

Autour de la sourcière, une dizaine de plantes en pots de deux ou trois mètres de diamètre arquaient leurs tiges luxuriantes vers la lumière. Sora considéra les feuilles larges et cintrées qui s'enchevêtraient sur les branches fournies. Elle rejoignit sa buse, affairée entre les ramures, le bec vermeil. La fille adoptive de Wilmard se pencha pour voir à quel point le membre enserré au centre des tiges avait grandi. Des lignes violettes et palpitantes jalonnaient le bras, long et grêle comme celui d'un adolescent. Sora n'avait jamais compris pourquoi ce plant s'entêtait à reproduire les veines en relief sur l'épiderme. Malgré cette anomalie, elle ne se résignait pas à s'en départir. Elle offrait ses fruits imparfaits à Olof, qui s'en régalait.

À côté d'elle, l'oiseau de proie déchira la chair à coups de bec. Le sang ruissela sur ses plumes comme une pluie sacrificielle. Olof arracha de longues lanières du bras bigarré de vaisseaux sanguins, qu'il avala avec un glapissement satisfait.

Sora le laissa à son festin. Elle vérifia la croissance des autres plants. Les jambes et les bras, à divers stades de développement, s'étiraient au centre du feuillage. Quand elle avait commencé à œuvrer dans la serre, Sora voulait faire pousser des membres pour remplacer ses bras manquants. Après tout, Nayati muait et se régénérait périodiquement depuis des siècles. Malgré les tentatives de greffes du vieil homme, le corps de sa petite-fille rejetait les membres étrangers. Las de leurs échecs successifs, le grand-père de Sora avait fini par arguer qu'il ne pouvait sans doute pas réparer ce qui n'avait jamais existé. Mais la sourcière s'était entêtée : elle avait continué à entretenir sa serre clandestine, émue par les bras et les jambes qui croissaient dans le feuillage touffu. Et elle avait trouvé une autre utilité à ses recherches lorsque Wilmard était mort pour la deuxième fois...

Elle toussota, incommodée par la soif. Cependant, avant de se désaltérer, elle allait se rendre présentable. Avec ses dents, elle détacha le long ruban noué au milieu de sa poitrine, qui maintenait la robe en place. Le tissu glissa le long de ses hanches. À l'entrée de la serre, Olof fouaillait encore dans la chair fraîche, dont il sectionnait les vaisseaux sanguins. À travers les ramures, Sora vit un poing se tendre, en se contractant sous les assauts de la buse.

La sourcière tourna le dos à son oiseau de proie. Elle se dirigea vers un large pot, dont elle enjamba le rebord. Elle s'étendit sur le flanc. En se tortillant, Sora enduisit de terre son corps nu. Les grains piquèrent sa peau tandis qu'elle gémissait de contentement. À l'aide de ses pieds et de ses ongles d'orteils, longs et incurvés comme des serres, elle creusa un trou dans lequel elle se glissa.

Sora sentit un sourire furtif poindre sur ses lèvres. En rampant, elle s'insinua jusqu'au cou dans la chape granuleuse. Les grains fourbirent sa peau sensible, rosie par endroits. À présent, elle était dépouillée des scories recueillies à Makkovik, prête à aller rendre visite à Wilmard.

Sans remettre sa robe, Sora se dirigea vers le centre de la serre, où trônait la plante la plus fournie. Ses fruits étaient toujours abondants et charnus. Elle demanda à Olof de cueillir une jambe mûre, à la musculature développée. L'oiseau de proie rechigna, avant de s'éloigner de son repas.

Il tira sur la lourde branche avec son bec, ses serres enfoncées dans le membre. Quelques gouttes d'un sang onctueux perlèrent. La tige se rompit avec un bruit osseux, comme si le rapace venait de casser une vertèbre.

Satisfaite, Sora s'approcha d'une trappe, Olof traînant la jambe sur le sol. Des grognements fusèrent de la salle souterraine. Avec son pied, la sourcière fit coulisser le panneau. À pas lents, elle descendit dans la pièce assombrie. Une unique lampe à pétrole éclairait l'endroit, dépourvu du moindre meuble à l'exception de la chaise sur laquelle Wilmard était assis. Depuis que l'homme était mort pour la première fois, il tolérait difficilement la lumière.

Il tira sur ses liens en reconnaissant Sora. Ses grommellements devinrent plus insistants.

— J'arrive, Wilmard, j'arrive.

Le visage du père adoptif de Sora se fendit d'un rictus gourmand. Il salivait, les yeux rivés sur la jambe tout juste cueillie que déplaçait Olof. Une écume épaisse barbouillait son menton purpurin, moucheté de taches brunes. Sa peau rigide se tendit pendant que sa mâchoire, aux nombreuses dents manquantes, s'ouvrait dans un claquement. Plusieurs tubes métalliques tressautaient au sommet de son crâne chauve.

Sora somma la buse de nourrir Wilmard. Olof déposa le membre entre les dents noircies de l'homme, qui mastiqua la chair avec appétit, ses lèvres suçotant le sang qui ruisselait des plaies. La sourcière entendit des tendons se déchirer, des os craquer.

Elle demanda à Olof de détendre un peu les liens du prisonnier. Wilmard arqua ses mains aux ongles sales et cassés en direction de son repas. Il s'appliqua à déchiqueter la viande, le visage aspergé de gerbes sanguines. Ses yeux luisaient d'un éclat avide.

Sora attendit qu'il eût fini de manger. Pendant qu'il se pourléchait les lèvres, elle s'approcha de l'un des tubes insérés dans sa tempe. Elle pressa sa bouche contre le cylindre semblable à une paille, enfoncé dans un orifice qui perçait le crâne de Wilmard. Au fond, la matière grise remuait, assiégée par le pus et la vermine. Sora prit une inspiration profonde pour se donner du courage. Puis elle aspira, en prenant garde d'avaler la sanie. Elle recommença son manège à quelques reprises. Elle cracha le liquide grumeleux dans le seau en fonte que Nayati allait de temps à autre vidanger dans un bosquet. Ses lèvres frémirent quand elle vit les asticots se tortiller à l'intérieur du récipient dans une glaire jaunâtre.

Elle détourna les yeux des nécrophages et se rapprocha de Wilmard. Sustenté, les idées plus claires, l'homme la regardait en souriant. De la salive rosie perlait à ses lèvres rigides comme du cuir. Il baragouina d'une voix traînante :

— Sora. Ma Sora. Content de... te... revoir.

— Moi aussi, Wilmard. Je suis désolée d'avoir eu à m'absenter.

Elle hésita à lui parler d'Hypoline, de la maison de Makkovik qu'avait fuie précipitamment l'apothicaire. Un pincement crispa sa poitrine à la pensée que Wilmard espérait peut-être encore le retour de sa cousine après quarante-huit ans. Ce serait injuste : Sora n'avait-elle pas veillé sur lui pendant la plus grande partie de sa vie ? Et, grâce aux enseignements de Nayati, ne lui avait-elle pas permis de triompher de ses morts consécutives ?

Son regard dériva sur le bras droit de Wilmard, marbré de taches pourpres évasées. Bientôt, elle devrait remplacer le membre périmé, après avoir amputé l'organe avec l'aide de Nayati. Pour l'instant, elle ne s'en sentait pas le courage. Au contraire, elle avait envie que Wilmard la rassure. Et puis, elle avait si soif…

— J'avais très hâte de te revoir, ajouta-t-elle en effleurant du menton le torse nu du prisonnier. Tu sais comme nous avons l'habitude de tout partager.

Wilmard acquiesça. Sa bouche s'étira en un rictus qui se voulait avenant. Il bafouilla :

— Tu sais comme… comme j'aime être avec… avec toi. Te peindre avec mes doigts. Te regarder. Et t'en… t'en…

— M'enivrer.

Sora laissa poindre sa langue entre ses lèvres. Une pellicule de sueur se dispersa sur le torse de Wilmard, en dessous du pendentif brillant de l'homme-oiseau, dont il ne se séparait jamais. La sourcière lécha les gouttelettes qui perlaient sur la toison clairsemée de la poitrine du prisonnier. Comme elle ne tolérait pas d'être en contact avec l'eau, la transpiration, liquide transformé par le corps, avait toujours été pour elle une manière détournée de s'hydrater. Et la sueur de Wilmard avait un goût de sel de mer et de boissons fermentées assez agréable.

Sora embrassa les replis de la chair violacée en délogeant les gouttelettes de transpiration qui s'y étaient amassées. Elle enfouit son visage sous l'aisselle gauche du prisonnier, où elle but en poussant des gémissements satisfaits. Les mains maladroites de Wilmard lissèrent ses cheveux tandis que sa respiration devenait assourdissante.

— Je veux être Peshu. Ton Peshu. Laisse-moi être Peshu... Ton Peshu.

Sora releva la tête avec un sourire.

— Mais tu sais que tu seras toujours mon Peshu. Le seul.

Elle embrassa son épaule en se remémorant la légende montagnaise de Peshu, que Wilmard lui avait racontée quand elle était enfant. En temps de famine, un chasseur affamé avait décidé de manger sa femme. Il ignorait toutefois qu'elle était sorcière. Sa compagne avait disparu avant qu'il n'exécute son dessein. Dépité, il s'était résigné à se dévorer lui-même en commençant par les organes moins importants. Mais la famine ne cessait pas, et il avait entamé de plus en plus ses chairs, se rongeant par endroits jusqu'aux os. Le jour était venu où, presque parvenu à l'état de squelette, il avait mangé ses derniers organes comestibles. Sa femme avait réapparu à ce moment-là en ricanant. Affamée, elle l'avait tué et avait avalé le contenu de ses intestins gorgés de nourriture.

Depuis sa première mort, Wilmard affectionnait particulièrement cette histoire, sans doute parce qu'il lui arrivait de dévorer ses propres membres quand ils devenaient trop gangrenés. Il aimait aussi peindre sur les murs des scènes de la légende à l'aide des restes de ses festins, lorsque Sora laissait les liens de ses mains plus lâches. Il incorporait parfois organes et ossements à ce qu'il nommait ses « natures immortelles ». Les jours de fête, Sora permettait à Wilmard d'étaler de la cendre sur ses œuvres, puis de recouvrir leur corps de suie.

Sora embrassa de nouveau le ventre de l'homme, dont elle cueillit la sueur près du nombril. Ses longs cheveux ployèrent jusqu'au sol. D'un signe de tête, elle demanda à Olof d'abaisser le dossier de la chaise de Wilmard. L'oiseau criailla en s'exécutant. Excité, le prisonnier grogna. Ses liens se contractèrent au maximum. La sourcière s'agenouilla. Non sans maladresse, Wilmard caressa la nuque et le haut du dos de Sora, ses ongles griffant légèrement ses omoplates. La pointe des seins de la sourcière se devina entre ses mèches désordonnées. Lentement, la langue de Sora fureta sur le bas-ventre et sur le sexe de Wilmard. Son pénis se tendit, palpitant sur son ventre. Elle continua de le lécher avec des mouvements languissants. Puis elle introduisit le membre au complet entre ses lèvres. Son amant émit une plainte rauque. Ses yeux brillaient du même éclat qu'à l'époque où il l'épiait dans l'ancien potager d'Hypoline.

Séduite, Sora se redressa. Elle frotta son sexe sur le membre dressé. Puis elle s'assit à califourchon sur Wilmard. D'un coup de reins, il la pénétra. Elle accentua son mouvement, les moignons de ses épaules pointant entre les mèches de sa chevelure emmêlée. Wilmard banda ses entraves au maximum. Il caressa les boursouflures de chair de la sourcière, la bouche barbouillée de salive. Son pénis se durcit davantage. Sora ralentit la cadence. Elle murmura :

— Mon Peshu. Juste à moi. Que je ne veux partager avec personne d'autre.

Elle serra les dents en songeant à Hypoline. Mais Wilmard répéta, rassurant :

— Peshu… Ton Peshu.

Il souleva son bassin. Sora se mordit les lèvres, les yeux mi-clos, avant de se redresser. Le sexe de Wilmard glissa hors du sien. Elle tourna le dos à son amant, qu'elle sentit saliver en détaillant la courbe discrète de ses hanches, ses fesses encore fermes. De cet angle, elle pouvait davantage se remémorer l'homme qu'elle avait connu sur l'île Kanty, oublier son visage investi par la vermine.

Les mains de Wilmard palpèrent le sexe de Sora, y réintroduisirent laborieusement son pénis. Elle se plaça au-dessus de lui, un peu déséquilibrée. Les yeux fermés, elle visualisa de longs doigts diaphanes qui glissaient en elle. Sa main droite effleurerait son clitoris pendant que la gauche maintiendrait ouvertes les parois de son sexe. Son majeur et son annulaire frémiraient comme des braises, leurs caresses s'approchant de plus en plus près de leur cible. Sora gémit. La chaleur se répandit entre ses cuisses, puis remonta le long de ses hanches.

Wilmard poursuivit ses mouvements à contretemps. Il marmonna entre ses dents :

— Peshu… Ton Peshu.

Le sexe de l'homme se contracta de plus belle. Émue, Sora tendit les muscles de ses jambes. Wilmard gratifia son dos de caresses fébriles. Une nouvelle fois, elle imagina des phalanges invisibles folâtrer sur son clitoris. La chaleur se dispersa, avant d'éclore dans son entrejambe, qu'elle resserra instinctivement. Son amant augmenta la cadence. Elle sentit une gerbe de sperme, unique, jaillir. Elle se retourna vers Wilmard, attendrie. Béat, il lui souriait avec les dents qu'il lui restait.

Sora s'écarta délicatement de son amant, qui avait vécu assez d'émotions pour ce jour-là. Maintenant qu'il s'était sustenté et qu'elle avait étanché sa soif, elle le laisserait se reposer. Elle reviendrait le lendemain et lui parlerait peut-être de sa cousine.

La sourcière s'éloigna de Wilmard, soudain attristée par l'injustice de son sort. Si seulement il n'était pas mort une première fois en 1918... La tête de son amant, criblée de cylindres métalliques, ploya sur sa poitrine. Elle ordonna à Olof de tendre les liens du prisonnier. Puis, après que la buse l'eut aidée à remettre sa robe, Sora quitta la serre, un peu anxieuse à l'idée de ce qui l'attendait.

Mémoires de Sora Boudreau

30 septembre

La nuit dernière, alors que j'observais les reflets olivâtres du ciel, je songeais à la seconde mort de Wilmard. C'était à l'automne 1919, je m'en souviens, avant que je n'aie l'obligation de le claustrer dans la serre, afin de ne plus craindre pour son existence. Maintenant qu'il a repris vie grâce aux morceaux de méduse, Wilmard est devenu plus imprévisible. Il m'arrive de le reconnaître à peine, plus semblable à une bête indomptée qu'à l'homme attentionné auprès de qui j'ai longtemps vécu. Mais je me conforte avec le fait que, malgré les revers du destin, nous sommes restés unis.

À l'époque où il était libre, Wilmard errait chaque nuit dans la forêt qui s'étale au nord du village. À chaque sortie, invariablement, il revenait la bouche souillée et les ongles encrassés, les poches pleines d'ossements et de roches coupantes. Comme Nayati, je préférais penser qu'il s'attaquait aux animaux à mains nues pour se sustenter. Mais Wilmard ne pouvait sévir éternellement ainsi, surtout que la communauté de Du Ruisseau croissait année après année. Je répugnais cependant à le déposséder de sa liberté.

Un matin, il manquait à l'appel. Olof et moi étions partis à sa recherche dans cette partie de la forêt où les arbres sont d'une étonnante similitude. Seul le craquement de mes pas entre les troncs fissurait le silence. Quelquefois, mon oiseau de proie se penchait pour ramasser du bois mort dans son bec. Comme à son habitude, Olof rassemblait les branches en un fagot que Nayati se chargerait ensuite d'emporter à ma demeure.

Je m'étais enfoncée sous le couvert monotone des arbres, possédée par un mauvais pressentiment. Une respiration sifflante me parvenait par-delà les bosquets, freinée par la canopée. J'avais songé à un animal blessé dont le sang aurait noirci les plantes naines. Mesurant mes pas, je m'étais approchée. J'avais reconnu Wilmard, son visage distendu par un affreux rictus. Des balles avaient criblé son bras droit. Ses vêtements, zébrés d'entailles, dévoilaient des jambes boursouflées par les morsures. Il avait réussi à balbutier à travers un flot d'écume :

— Un chasseur… Des chiens…

Il m'avait tendu les bras. Sa peau avait désormais une teinte marron, durcie par endroits comme du cuir. J'avais eu le réflexe de m'écarter de lui. Des bulles de liquide violet bouillonnaient sur ses jambes tandis que ses bras dégageaient une odeur repoussante. Les cloques crépitaient, palpitantes sous la chair marbrée d'infectes taches. Était-ce possible qu'il soit dévoré par la gangrène ?

Mon amant claquait des dents, les pupilles écarquillées. Incapable de se relever, il se contorsionnait dans le lichen. Ses yeux emplis de remords me suppliaient. Au comble du désespoir, j'avais reconnu celui qui façonnait naguère des tonneaux sur l'île Kanty, celui avec qui je folâtrais dans le potager. Sous les pulsions cruelles de la bête, l'homme que j'aimais survivait, tourmenté par la violence de ses appétits.

J'avais sommé Olof de fouiller dans la grande poche de mon tablier. Mon oiseau de proie m'avait apporté l'un des pots d'onguent de Nayati. Dans son affolement, Wilmard essayait d'agripper ma buse avec des gestes syncopés. Olof avait néanmoins réussi à déposer un peu de pommade sur les plaies de Wilmard. J'avais remercié mon rapace, rassérénée d'avoir interrompu pour un temps le cours de la maladie. Hélas, Wilmard ne pourrait survivre longtemps ainsi : à la première occasion, Nayati devrait amputer les membres infectés.

Mon cœur s'était contracté à la pensée que désormais Wilmard serait incapable de se mouvoir. Puis j'avais songé à la serre et à la multitude de membres qui croissaient au sein des plants luxuriants. Je devais protéger Wilmard de lui-même ; c'était hélas la seule mesure à prendre.

4

Au-dessus des vagues inquiètes

Sora cheminait sur la route de la rivière de l'Ouest, son bâton noué à sa chevelure pêle-mêle. Avec ses talents de sourcière et ses sens aiguisés hérités de son père, elle percevait nettement la présence d'Hypoline. Encore fallait-il que sa rivale soit à proximité. Sora le sentait : Hypoline avait sillonné le remblai de terre boueux et foulé le sentier qui serpentait jusqu'au moulin. L'empreinte de ses bottes de caoutchouc s'était inscrite dans la glaise, dans l'herbe où les épilobes se fanaient en larges bouquets. Au loin, des montagnes courtaudes ombrageaient en partie la rivière, mouchetées de ce lichen blanc-vert qui leur donnait un aspect lunaire.

La sourcière inspecta le ciel, d'un bleu délavé. Juché sur son épaule droite, Olof somnolait. La rivière s'étalait entre deux bandes de terre qui se déroulaient à l'intérieur d'une baie protégée des bourrasques, dans laquelle les rochers montraient différents degrés d'érosion. Sora frémit à la vue du liquide. Son bâton tressauta, animé de mouvements successifs. Elle se remémora la sensation de l'averse qui racornissait sa chair, visualisa la brûlure récente sur sa joue. Mais pour l'instant, la tempête semblait lointaine.

Rassemblant son courage, Sora franchit à la course le pont en bois. La structure fragile grinça sous son poids. Le cœur battant, la sourcière s'immobilisa de l'autre côté. À l'ouest, un fin brouillard dédoublait une partie des îles de l'archipel. Quelques touffes d'herbe trouaient l'eau stagnante des berges. Sora continua d'avancer, le nez plissé. Elle percevait la présence d'Hypoline de manière plus fugitive, comme si l'apothicaire avait disparu vers les sommets. Aurait-elle pris la direction de l'un ou l'autre des gros mornes ? Sa piste devenait diffuse.

Lasse de poursuivre sa rivale, la sourcière balaya les eaux du regard. Si elle avait pu s'entretenir avec sa mère… Elle aurait aimé sentir sa chaleur, entendre sa voix jaillir des profondeurs sous-marines. Mais Sedna ne pouvait l'étreindre au risque de la brûler sérieusement. La gorge de Sora se serra. Tant bien que mal, elle atteignit l'extrémité du chemin de la rivière de l'Ouest. Un rocher de grande taille se soulevait au-dessus des eaux. Une fine ligne grise, couleur granit, surmontait la partie de la pierre la plus souvent immergée, qui présentait une teinte rouillée. Sa peau d'ours étendue à ses côtés, Nayati était assis sur la surface lisse, tête baissée.

Sora hésita. Pendant un moment, elle considéra la marée basse. Elle aperçut la barque de Nayati amarrée à l'est de la baie, encombrée de casiers de homards. Son bâton fourchu s'agita avec violence.

D'un bond, elle rejoignit le vieil homme en évitant les flaques qui creusaient la terre ceinte d'herbes hautes. Son grand-père lui tendit les bras, un sourire pâle sur le visage. La sourcière s'attarda une nouvelle fois sur son torse dénudé, où les tatouages-fossiles avaient foré des sillons si larges que certaines crevasses transperçaient ses flancs.

— J'espérais justement te revoir, murmura Nayati. Je me doutais que tu ne retrouverais pas Hypoline à Makkovik, qu'elle t'échapperait. Hypoline a toujours eu du talent pour percevoir les menaces et s'en protéger. Mais ta mère a la situation en main : je suis certain qu'elle lui a volontairement permis de fuir à bord de l'une de ses baleines. Hypoline doit se trouver en ce moment dans l'archipel. Enfin, nous allons pouvoir rétablir l'équilibre. Il aura fallu attendre encore quarante-huit ans, mais...

Le regard de Nayati se perdit dans le golfe. Un faible remous le traversa, comme si une bulle brasillait à la surface. Sora crut distinguer plusieurs nageoires qui venaient dans leur direction, en provenance de l'île en forme de tête de baleine. Son bâton remua nerveusement, effectuant des torsades saccadées. Les muscles contractés, la petite-fille de Nayati s'apprêta à fuir. Mais son grand-père l'interrompit, la main ouverte.

— Sedna ne te fera pas de mal. Au contraire. Ce n'est pas comme l'averse, qui n'a rien à voir avec elle. Ta mère m'a redit dernièrement qu'elle souhaiterait te voir de plus près. Admirer le visage de sa fille unique, qu'elle est condamnée à aimer à distance.

La poitrine de Sora se serra. Elle avait eu si peur quand, enfant, l'averse avait carbonisé ses chairs. Sans oublier la pluie corrosive de Makkovik. Chaque fois qu'elle s'était enhardie à s'approcher du rivage, la véhémence des vagues avait freiné ses élans.

Olof quitta l'épaule de sa maîtresse et se posa sur le rocher. L'oiseau de proie commença à se lustrer tranquillement le plumage, indifférent à ce qui se passait. À force de se tenir à distance de cette mère insaisissable, la sourcière en venait parfois à douter de l'affection que Sedna lui portait. La colère de sa mère semblait avoir dévoré tout le reste.

Sora baissa la tête en songeant aux fragments de son œuf qu'elle avait patiemment récupérés avec Wilmard, à l'époque où elle était une fillette. Au cours de leurs promenades près de la chapelle et des demeures estivales des pêcheurs, tous deux vêtus d'une combinaison imperméable, ils avaient recueilli la plupart des esquilles dispersées sur l'île Providence. L'homme les avait ensuite recollées avec une grande minutie. L'œuf craquelé de sillons étoilés trônait depuis sur la commode en chêne de Sora, dans un nid de gravier et de fourrure de martre. De temps à autre, quand Wilmard et Anselme allaient pêcher en bordure du continent, Sora léchait la coquille fissurée, croyant y déceler le goût salin de sa mère.

La sourcière claqua des dents, impuissante devant la force de ses réminiscences. Son grand-père la pressa contre lui. Elle sentit ses côtes saillantes s'enfoncer dans son dos. Un long cheveu blanchi dansa dans la brise, se soulevant près du visage raviné du vieillard.

— Il est temps pour toi de savoir. J'aurais aimé que la colère de ta mère ne soit plus qu'un mauvais

souvenir pour te raconter ce qui s'est passé, mais…
C'est surtout aux hommes-oiseaux qu'elle en veut.
À ceux qui ont abusé d'elle dans la maison haut
perchée. D'elle et de lui, à cause de sa nature bi-
sexuée. À l'influence de la météorite jadis tombée
près des monts Groulx, qui avait emmagasiné le
savoir d'un peuple lointain. Les connaissances de la
colonie avaient été absorbées par les autochtones
de l'endroit, qui auraient peu à peu adopté l'aspect
de ces habitants d'une terre éloignée. Les hommes-
oiseaux ont alors construit leur ville-passerelle.

Nayati se racla la gorge et reprit :

— Bien sûr, Sedna en veut aussi à Hypoline.
Car elle aurait pu l'aider davantage. Mais elle a
refusé d'accomplir sa tâche en entier en prenant
la fuite. Elle aurait pu te permettre d'avoir la vie
que ta mère souhaitait pour toi. Punir Hypoline
pourrait purger ma fille d'une partie de son désir
de vengeance. Ce désir qui la garde vivante depuis
des siècles dans son palais. Et moi… j'ai été faible.
Faible et cupide.

Des larmes sinuèrent sur les joues du vieil
homme. Émue, Sora l'incita d'un signe de tête à
poursuivre : jamais son grand-père ne lui avait
confié à ce point ce qui s'était passé, sans doute
parce qu'il en avait trop honte.

— J'ai été appâté par l'éclat de l'or. Comme les
hommes-oiseaux, qui ramassent compulsivement
les objets brillants. J'ai honte d'avoir accepté les
cadeaux d'épousailles du prétendant de ma fille.
Et ensuite… Ensuite…

Les sanglots secouèrent la poitrine de Nayati.
Sora vit la surface des eaux se brouiller tandis que

sa branche fourchue soubresautait de plus belle. Quelques remous y répondirent. La sourcière considéra son grand-père avec gravité.

— Ensuite, les hommes-oiseaux, qui partagent souvent leur épouse, ont abusé d'elle pendant des nuits…

Nayati se prit la tête dans les mains.

— Mais tu ne le savais pas, tenta de le rassurer Sora, en croisant les jambes.

— Non, mais… Sedna m'en veut, peut-être pas autant qu'aux hommes-oiseaux, mais beaucoup. Elle a toujours cru que, d'une manière ou d'une autre, je le savais. Elle ne connaît même pas avec certitude l'identité de ton père. Elle ne sait pas si c'est l'homme-oiseau qu'elle avait épousé ou l'un des habitants de la ville-passerelle. J'ai failli, perdu sa confiance. Encore et à jamais, depuis des siècles, elle me punit de ma traîtrise. Et d'avoir choisi pour elle qu'elle soit de nature féminine. Je voudrais seulement mourir, être délivré de ma culpabilité…

Les lèvres de Nayati se plissèrent en une grimace douloureuse. Il se redressa avec peine sur le rocher avant de s'éloigner de Sora. Quelques mètres devant eux, des baleines et des phoques les épiaient, figés dans les eaux froides. Un entrelacs d'algues se déploya entre leurs formes à demi émergées, au gré des courants marins. Sora vit l'amas disparate s'approcher de son perchoir. Elle poussa un cri d'effroi. Les plantes hérissées se hissèrent sur les aspérités du rocher, qu'elles commencèrent à escalader. La petite-fille de Nayati pivota d'instinct vers la berge, prête à courir s'y réfugier. Mais le vieil homme freina une nouvelle fois son geste.

— Il ne faut pas avoir peur d'elle, Sora. Tu n'as pas à craindre sa puissance. Je te l'ai dit : ta mère aimerait seulement voir le visage de sa fille de plus près.

La sourcière sentit sa poitrine se contracter. À sa droite, Nayati tendit les bras en direction du golfe. L'amoncellement filandreux se boursoufla, comme s'il respirait par les pores. Puis il gravit le roc avec des mouvements oscillatoires. Les matières emmêlées, tressées d'interminables cheveux couleur d'obsidienne, s'arquèrent vers le thorax labouré du grand-père de Sora. Prenant la forme d'un dard, les longs poils de la maîtresse de l'archipel se cramponnèrent au torse de Nayati. Il la supplia :

— Je voudrais seulement mourir, être délivré de ton ressentiment. Pardonne-moi, mon enfant, pardonne-moi.

Sora s'approcha craintivement de l'extrémité du rocher. Elle avait tellement souhaité voir le visage de sa mère, désiré sentir la chaleur de son étreinte, le contact de ses lèvres sur son front.

La sourcière pencha la tête vers les eaux du large, les traits froissés par la tristesse. Près d'elle, sa mère enlaçait Nayati, caressait les sinuosités qui criblaient son dos et sa poitrine. Les plantes emmêlées entraient et sortaient des cavités du thorax du vieil homme. Lentement, elles serpentaient entre les tatouages-fossiles et les stigmates de coquillages. La bouche du grand-père de Sora s'ouvrit sur un cri de désespoir.

— « Pas encore », geignit-il, elle a dit « pas encore ».

L'étreinte du père et de la fille se brisa. L'amoncellement de varech rampa en direction du Saint-
Laurent. Devant le regard implorant de Sora, la
chevelure enchevêtrée de plantes aquatiques glissa
sur le rocher avec un bruit de ventouses détrempées.
La sourcière s'agenouilla et approcha le plus possible sa tête de la surface.

— Je voudrais tellement être près de toi, gémit-
elle. Connaître enfin l'expression de l'amour d'une
mère.

Sora sentit l'eau irradier, prête à calciner ses
chairs au moindre effleurement. Elle baissa encore
un peu plus la tête, juste au-dessus des vagues
hésitantes. Une sensation de brûlure lui incendia
le visage. La petite fille de Nayati se redressa brusquement, dévorée par un sentiment de vide et
d'impuissance. Agenouillé sur le roc, le vieil homme
la regardait avec une expression défaite. Du coin
de l'œil, Sora vit les baleines et les loups-marins
se disperser entre les îles en poussant des cris
perçants. Chagrinée, elle courut vers le village, sa
branche fourchue animée de torsions de moins en
moins marquées.

Elle dépassa les maisonnettes aux revêtements
colorés qui s'allongeaient près du littoral tourmenté, Olof planant au-dessus d'elle. Puis elle
bifurqua en direction de la serre. Nul doute : la
présence d'Hypoline devenait plus nette au fur et
à mesure qu'elle se détournait de la rivière de
l'Ouest.

5

Les toiles immortelles

Les contours de la serre vacillèrent devant le regard embrouillé de Sora. Elle se sentait un peu mieux maintenant qu'elle se trouvait en altitude, héritage légué par son père. Elle songea à sa conception dans cette cité lointaine des monts Groulx, où se déployaient autrefois nids et passerelles chatoyantes, à ce géniteur qui ne connaissait probablement pas son existence, à l'œuf qu'il avait fécondé à son insu.

Sora serra les mâchoires. Au-dessus du renflement de la montagne, une volée de bernaches s'étalait tel un éventail en papier de soie. La sourcière renifla en étudiant le vol des oiseaux. Comme les Montagnais de Saint-Augustin et de La Romaine, elle savait qu'il était possible de chasser les bernaches en utilisant sa voix à la manière d'un projectile. Les volatiles, affolés par les cris, descendaient vers le sol, désorientés. Il suffisait alors de recueillir la proie la plus près. Mais Sora, étant donné sa nature, n'aurait jamais osé se sustenter d'un oiseau. Par contre, la perspective de manger cloîtrée dans la serre en compagnie de Wilmard et d'Olof était tentante.

Du coin de l'œil, elle repéra un rat musqué. Elle demanda à Olof de l'attaquer. La buse fonça vers son butin, qu'elle agrippa entre ses serres. Elle entendit des os craquer. Le corps de l'animal se recroquevilla. Le rapace prit une bouchée de viande, avant d'escorter Sora jusqu'à la serre en portant sa proie.

La sourcière se faufila sans attendre dans le passage dissimulé sous la roche. Empressé, Olof déposa le rat musqué au pied de sa plante favorite avant de commencer à fourrager dans le feuillage. Sora tendit l'oreille, perplexe. Elle avait cru entendre une voix… Elle s'approcha prudemment de la trappe. Comme de coutume, les grognements de Wilmard fusaient de l'ouverture. Il avait tendance à s'emballer lorsqu'il peignait avec ses propres sécrétions. Mais une deuxième voix, plus aiguë, se superposait à la sienne. Était-ce Hypoline, dont Sora avait perçu la présence un peu plus tôt? Comment l'apothicaire aurait-elle pu dénicher son repaire? Sans doute grâce à ses talents de sorcière. Sora sentit ses muscles se contracter. À grand-peine, elle résista à l'envie de s'élancer dans la cave.

Elle appuya plutôt son oreille contre la trappe en bois. Dans la pénombre du sous-sol, Hypoline hoquetait. Elle sanglota:

— Pauvre Wilmard. Il est trop tard pour toi. Trop tard pour toi depuis des années. Je ne peux même plus te purger de ton mal. Tu es mort depuis si longtemps. Trop longtemps.

— Ce n'est pas… pas grave, grogna Wilmard.

— J'aurais voulu être là avant. Bien avant. Te purger de la gangrène qui nécrosait tes membres quand il en était encore temps. Venir te rejoindre dans l'archipel. Mais je n'ai pas eu le courage de revenir. J'avais peur de vous mettre en danger.

Wilmard toussa à plusieurs reprises.

— Ce n'est pas grave, répéta-t-il. Pas grave, mon Hypoline. J'ai toujours… toujours su que tu reviendrais un jour. Je n'ai jamais… jamais cessé de t'attendre. Maintenant, je suis content.

Le cœur de Sora s'étrécit. La colère étendit son sillage bouillonnant dans ses veines.

— Fais… Fais ce pour quoi tu es venue, ajouta Wilmard d'une voix traînante. Sur la gorge. Vas-y, mon Hypoline. Je t'attendais depuis tout ce temps.

L'apothicaire ne répondit rien. Sora l'entendit sangloter de nouveau. Puis elle perçut un froissement à la fois métallique et humide.

Inquiète, la sourcière fit coulisser la trappe à l'aide de son pied. Elle surgit dans la pièce assombrie. Hypoline était recroquevillée sur elle-même dans l'opacité du sous-sol. Le pendentif de Wilmard brillait dans sa paume. Près d'elle reposait un sécateur empourpré. Elle n'avait tout de même pas…

Sora se précipita vers son amant, en accrochant au passage plusieurs flacons remplis de la sueur de Wilmard, entassés contre le mur du fond. Le cou de son père adoptif béait, tranché par les pointes recourbées de l'instrument de jardinage. Comment Hypoline avait-elle deviné que c'était l'unique endroit où son Peshu était mortel, vulnérable ? Grâce à ses talents de la lignée de Gérène ? C'était la seule partie de l'anatomie de Wilmard qu'elle était incapable de remplacer !

Sora sentit son corps en entier se nouer. Les yeux renversés, le prisonnier gémit en la reconnaissant. Par saccades, le sang se déversait de sa large plaie.

Les traits creusés par un rictus de douleur, Wilmard la regardait. Non, ce n'était pas possible…

La sourcière appliqua désespérément son torse sur la blessure qui lacérait la gorge de Wilmard, dans une tentative pour interrompre le saignement. En vain. Dévastée, elle se retourna vers l'apothicaire. Sora jaugea ses épaules voûtées sur son corps potelé, sa poitrine enserrée dans un tablier jauni et une robe de lin beige. Les cheveux châtain roux d'Hypoline, coupés au ras de sa tête, arrondissaient son visage aux angles pleins. Ses yeux pétillaient de l'éclat dont avait si souvent parlé Wilmard et que la sourcière avait toujours jalousé. Et sa peau, bien que ridée, semblait lustrée, comme un galet poli par les marées.

Hypoline se leva en chancelant. Sora se pressa plus fort contre Wilmard. Non, Peshu ne pouvait pas être mort. Elle le sauverait, le sauverait… Mais le corps de son amant remua faiblement avant de s'immobiliser dans un ultime spasme. Les sanglots comprimèrent la gorge de Sora. Sa rivale lui apparaissait comme à travers un banc de brouillard. La voix de cette dernière s'éleva :

— Je sais qui tu es, Sora. Wilmard me l'a dit avant de mourir. Tu le gardais de force ici. Tu l'empêchais de mourir. Maintenant, il pourra enfin se reposer. J'irai l'enterrer dans le cimetière de l'île Kanty.

— Non. Peshu ne peut pas être mort, il ne peut pas… Il ne *doit* pas…

Sora poursuivit d'une voix déformée par les larmes, la colère s'insinuant dans ses veines :

— Tout est de ta faute… À toi. Tu n'avais pas le droit. Tu as… Tu as tout gâché dès le départ, à Nerrivik.

Sans prévenir, Sora se jeta sur l'apothicaire. Sa rivale esquiva l'attaque. Elle se plaqua contre le mur du fond en étirant la jambe pour la faire basculer. Déséquilibrée, la petite-fille de Nayati referma ses mâchoires sur le tablier d'Hypoline et chuta sur le sol terreux en gémissant. Le tissu se déchira dans un long craquement. Sora cracha le vêtement aux fils décousus.

Aussi vite que sa démarche chancelante le lui permettait, Hypoline se dirigea vers l'escalier. Elle gravit les marches sans un regard derrière elle. Sora entendit les cris d'Olof se confondre avec les protestations de sa rivale. Elle espéra que son oiseau de proie la poursuivrait sur la montagne et la picorerait jusqu'au sang.

Renversée sur le plancher, la sourcière désespéra. Peshu ne pouvait pas être mort, non il ne pouvait pas... Des sanglots ininterrompus fusèrent de sa gorge. Son Wilmard était toujours là, sanglé sur cette chaise où ils s'aimaient depuis tant d'années. Mais immobile à tout jamais...

Sora se sentait incapable de cesser de fixer le corps sans vie de son amant. Quelques gouttelettes de sang perlaient encore de la large entaille. Wilmard allait ouvrir les yeux, caresser sa chevelure, lui dire qu'il avait envie de la peindre avec ses doigts. Faire une toile immortelle. Il allait...

— Mon Peshu. Elle n'avait pas le droit. Mon Peshu... À personne d'autre.

De toutes ses forces, Sora se pressa contre Wilmard. Seuls ses hoquets et ses reniflements rompaient de temps à autre le silence.

Mémoires de Sora Boudreau

1er octobre

Je repense à un événement de mon enfance qui me paraît signifiant en regard de l'horrible mort de Wilmard. J'avais alors huit ans. Mon grand-père m'avait conviée pour la première fois à l'un de ses voyages sur la Basse-Côte-Nord, au cours desquels il échangeait des pierres brillantes contre des ouvrages scientifiques et des ingrédients pour ses expériences. À cette occasion, nous avions abordé les côtes rocailleuses de La Romaine. Nayati avait laissé la baleine dans une baie bordée de rochers en grès rouge, de laquelle nous apercevions la plage et ses galets dispersés. Au-delà, le village de francophones et de Montagnais s'étendait à l'intérieur des terres.

Jamais je ne m'étais aventurée aussi loin de l'archipel ni n'avais quitté l'île Kanty à l'insu de Wilmard. Dans le roulement des flots, je ne pensais qu'à lui, qui œuvrait avec Anselme à une importante commande.

Rendue inquiète par la proximité de l'eau, je considérais la route de terre entourée d'herbes sèches. J'avais emboîté le pas à Nayati jusqu'à une cabane aux fenêtres murées, ceinte d'épilobes et de conifères. Il m'avait invitée à aller explorer les environs pendant qu'il marchandait. Peu emballée à l'idée de commercer avec vendeurs et chamanes, je m'étais laissé aisément convaincre.

Des rochers couleur ardoise, bariolés de mousse, au pied desquels poussaient d'alléchants petits fruits, s'allongeaient près de la grève. Me trouvais-je sur une planète étrangère, à la flore rare et austère ? Cinglée par les bourrasques, la végétation d'un vert pâle telle la toundra nordique m'avait fait penser à quelque cratère météorique. Sans savoir pourquoi, je m'étais sentie nostalgique d'un avant dont je n'avais pas le souvenir. J'avais l'impression d'être figée dans ces arpents de grès rouge, où seuls quelques goélands planaient d'un vol téméraire. Alors, j'avais distingué un mouvement près des rochers. J'étais néanmoins demeurée à une distance prudente.

La surface du fleuve s'était brouillée. Non sans surprise, j'avais vu une femme, le visage plongé dans le liquide. Quand elle avait ressurgi des eaux, un poisson frétillait entre ses dents. Elle l'avait assommé avec des galets, puis l'avait glissé dans un panier de paille à ses pieds, orné de minuscules perles. Je m'étais approchée de quelques pas sur la plage asséchée, vaincue par la curiosité. Nous nous étions immobilisées l'une en face de l'autre. La femme avait rompu le silence :

— C'est toi, Sora ? Je suis Ignès à Gérène. Je ne pensais pas que nous nous rencontrerions si tôt.

L'incongruité de son apparence m'avait saisie : ses cheveux blancs, coupés inégalement aux épaules, parsemés de mèches noires, ses sourcils épais et immaculés, son nez arrondi, sa silhouette trapue, ses jambes courbées vers l'intérieur, sa robe sur laquelle des plumes de goéland étaient ébouriffées par le vent.

— C'était inévitable, avait-elle repris. Nos peuples appartiennent à deux branches lointaines. Le mien surveille le tien en attendant l'heure de la réparation. Mais le moment n'est pas venu. Des années devront encore passer.

C'est à peine si j'avais entendu la suite, tant l'étrangeté de cette rencontre m'inclinait à partir.

— Attends, m'avait-elle dit. Nous sommes de lointaines alliées. Les hommes-oiseaux des monts Groulx ne sont pas tous des traîtres. Mais je te le redis : le temps de la délivrance n'est pas venu. Pas encore. Je peux cependant te donner ceci en attendant.

Perplexe, je l'avais vue me tendre un œuf bariolé de taches brunâtres, qu'elle avait glissé dans la poche avant de mon tablier. J'avais envisagé de m'en débarrasser, puis je l'avais finalement laissé dans le tissu pour le réchauffer. Qu'avais-je à craindre ? J'ignorais que, quelques semaines plus tard, la mère d'Olof fissurerait la coquille.

Je m'étais bornée à relater cette singulière rencontre à mon grand-père. Nayati m'avait dit de m'armer de patience, que le temps viendrait où je comprendrais davantage les desseins de Sedna.

6

La voix honnie d'Hypoline

Sora cligna des paupières. La lueur du jour filtrait par une fenêtre à moitié obstruée. Encore ensommeillée, elle se crut dans la serre, endormie dans les bras de Wilmard. Elle voulut se presser contre lui, replonger dans la chaleur de leur étreinte. Mais le froid était trop profond.

Son regard, plus net, reconnut l'intérieur de la maison de Nayati. Une vague de souffrance l'assaillit. Non, Peshu n'était pas mort ; il allait ouvrir les paupières, l'accueillir à son arrivée dans la serre. Si seulement elle était revenue plus tôt, si elle s'était ruée au sous-sol sans attendre, elle aurait sans doute pu empêcher la meurtrière de passer à l'acte. Elle se souvenait vaguement que, pour se punir, elle avait bu des litres de sueur jusqu'à ce que l'ivresse muselle ses sens. Peshu ressusciterait, elle s'enivrerait de lui au point d'atteindre l'inconscience. Il ne pouvait pas l'avoir quittée, c'était impossible ! Plus tard, beaucoup plus tard, Nayati était arrivé dans la serre. Elle se rappelait que la pluie ricochait sur le toit à la façon d'une avalanche de pierres polies. Elle avait l'impression de l'entendre encore frapper le revêtement de la maison, de percevoir le contact du tissu rêche de la couverture dans laquelle Nayati l'avait enveloppée avant de l'allonger dans sa barque, sous une toile pour la protéger des éventuelles gouttelettes.

Sora sentit les larmes se répandre sur son visage, leur goût salé caractéristique emplir sa bouche. Elle renifla avant d'appeler Olof, surprise de ne pas le trouver à son chevet. Et si, lui aussi, il l'avait abandonnée ?

Elle se redressa en titubant. Sur la table de la cuisine, un corps était recouvert d'une bâche, attendant visiblement d'être enseveli dans le cimetière. À l'aide de ses dents, la sourcière tira sur une partie de la toile. La tête de Wilmard se révéla jusqu'au menton, sa bouche entrebâillée sur ses gencives pourries. Le cœur de Sora se crispa à la vue des chairs rigides de son Peshu. Elle embrassa ses lèvres violacées avec tendresse. Douloureusement, le sang pulsa dans son crâne. Elle geignit.

D'une voix incertaine, elle appela Nayati. Le vieil homme ne répondit pas. Il ne devait pas être loin ; cela ne ressemblait pas à son grand-père de s'absenter longtemps en d'aussi tragiques circonstances.

Elle fronça les sourcils avant de héler une nouvelle fois sa buse, qui resta également sourde à son cri. Troublée, Sora franchit la porte d'entrée, son bâton fourchu, toujours noué à sa chevelure, s'affolant à la vue d'une éclaboussure au pied du bassin.

Étourdie, la sourcière scruta les environs. Une dizaine de maisons aux bardeaux disparates entouraient la demeure de son grand-père. La plupart étaient blotties près de vallons granitiques. Un quai pouvant accueillir quelques bateaux s'étirait en contrebas, sur le flanc est de l'île, à l'extrémité d'un étroit chemin de gravier. Le cimetière, qui, par commodité, abritait également les défunts de la communauté de Du Ruisseau, s'étalait à mi-pente. Une vingtaine de sépultures en pierres blanches et en bois s'y dressaient, parallèles au fleuve. La démarche approximative, Sora avança en direction du quai où elle marchandait autrefois les tonneaux pour Wilmard et son père. L'injustice lui arracha le cœur. Hypoline devait être châtiée pour ce qu'elle avait fait! Sora ne s'accorderait pas de répit tant qu'elle n'aurait pas pris sa revanche.

Elle serra les dents. La migraine dispersa ses vagues nervurées dans son crâne. Une ombre obscurcit soudain le ciel d'un bleu terne. En redressant la tête, Sora repéra Olof qui planait au gré des courants tièdes. Une bouffée de soulagement l'envahit. L'oiseau de proie vint docilement se poser sur l'épaule de sa maîtresse.

Sora chemina vers la plateforme de bois sur pilotis. Elle évita le lichen imbibé de rosée qui affolait sa branche de sourcière.

Nayati était assis sur le quai, le dos plus voûté que jamais. Sa barque ballottait à ses pieds, remuée par les vagues matinales. Sora le rejoignit.

— Il faut punir Hypoline, clama-t-elle. Pour ce qu'elle a fait à Wilmard. Et ce qu'elle a fait à ma mère, jadis.

Nayati leva un regard las vers sa petite-fille.

— Je doute qu'immoler une autre personne à la colère de ta mère soit la meilleure solution.

Les vagues crépitèrent comme des braises sous l'embarcation. Avec fracas, elles heurtèrent les rochers émergés de la berge. L'eau pétilla sur la surface lisse des roches granitiques. Bien qu'effrayée, Sora demeura sur le quai, dominée par son désir de réparation.

— Elle dit que tu as raison, soupira le vieillard.

Les ondes se firent plus puissantes. Le soleil se mira dans le ressac, d'une carnation humaine. Sora vit le vieil homme s'émouvoir en reconnaissant le grain moiré de la peau de sa fille. D'une voix suppliante, il dit à son enfant :

— Ne trouves-tu pas qu'ils sont assez nombreux à te servir à Nerrivik ? que j'ai déjà sacrifié suffisamment de personnes ? Il est plus que temps que cela cesse…

Une vague plus haute que les autres distendit la surface. D'un claquement sec, elle heurta le rivage. Les rochers se déchirèrent, et creusèrent l'intérieur des terres à la manière d'un bras de mer. Des bracelets dorés scintillaient sur les embruns, mêlés à d'interminables torsades d'ébène. Convaincue que sa mère épousait ses desseins et qu'elle la protégerait, Sora chassa sa crainte de l'eau et monta dans la barque de son grand-père.

— Il faut châtier Hypoline. C'est ce que ma mère souhaite. Tu ne peux pas nier l'évidence. Elle nous mènera à l'endroit où la traîtresse se cache, pour autant qu'Hypoline s'approche du rivage. Et les vagues de ma mère ne me feront pas de mal. N'est-ce pas toi qui disais que Sedna voulait mon bien, qu'elle souhaitait seulement voir mon visage de plus près ?

À contrecœur, le vieil homme acquiesça. Satisfaite de la décision de sa fille, la maîtresse des animaux marins déploya une étendue lisse sous l'embarcation. Nayati rejoignit sa petite-fille à bord. Sora s'assit à l'arrière de la barque, la tête encore lourde. Olof se percha sur le rebord du bateau, les yeux fixés sur les eaux du golfe d'où jaillissait de temps à autre la nageoire d'une baleine.

Nayati emmaillota Sora dans l'une des couvertures pliées sous le banc. Malgré l'accalmie commandée par Sedna, une averse pouvait frapper sans prévenir.

L'embarcation glissa sur les eaux mates sans que Sora ni Nayati ne prononcent un mot. Ils dépassèrent l'île Providence, sa chapelle peinte en blanc et ses maisons d'été érigées face au continent, puis naviguèrent entre des îlots escarpés. La barque ralentit devant l'une des îles les plus au large, où se trouvait un bâtiment qui servait de fonderie pour la graisse de baleine et de loup-marin. Des tonneaux entouraient la construction en bois. Avec un pincement à la poitrine, Sora se remémora cette habitude qu'avait jadis Wilmard de boire de la graisse de phoque avant de s'approcher du rivage. Le liquide, affirmait-il, avait des propriétés protectrices.

Après une secousse, l'embarcation s'arrima entre deux rochers. Les tempes douloureuses, la sourcière se redressa dans la barque. Une odeur organique flotta jusqu'à ses narines. Elle sauta avec empressement sur la terre ferme. Quelques gouttelettes giclèrent sur le tissu de son tablier, mais elle n'en fit pas de cas. Des bruits montaient de la fonderie où, dans quelques heures, se rassembleraient les travailleurs. Les sens exacerbés, la sourcière reconnut la voix honnie, dont les accents lui vrillaient les tympans.

7

Servir à Nerrivik

Nayati ouvrit la porte de la fonderie. Sora entra dans le bâtiment, les muscles tendus. Olof s'élança vers un poêle en fonte avec un piaulement. Sora considéra les fours entassés contre les murs. Recroquevillée sur le sol, entre une étuve et un tonneau empli de graisse, l'apothicaire psalmodiait, ses cheveux courts hérissés autour de son front plissé. Son cou, orné du collier de l'homme-oiseau autrefois trouvé dans le potager, remuait au rythme saccadé de sa respiration. Hypoline se redressa en apercevant la sourcière et son grand-père.

Sora revit l'apothicaire en train de taillader la gorge de Wilmard à l'aide du sécateur. Hypoline se repentirait de l'acte qu'elle avait commis, implorerait le pardon de son Peshu ; souffrirait comme elle l'avait fait souffrir.

La sourcière se jeta sur sa rivale, la bouche ouverte, prête à refermer ses mâchoires sur la gorge d'Hypoline. L'apothicaire s'écarta prestement et cria :

— Tu ne m'immoleras pas à la colère de ta mère.

Nayati s'approcha d'Hypoline, qui l'observait avec méfiance pendant que Sora se relevait difficilement.

— Il est temps que cesse la colère de Sedna, dit-il à l'intention de l'apothicaire. Que ma fille accepte de pardonner. À toi et aux autres.

La sourcière darda un regard noir sur son grand-père. Elle se préparait une nouvelle fois à bondir sur Hypoline. Mais Nayati éleva la voix :

— Attends, Sora. Je veux qu'Hypoline nous raconte sa version de ce qui s'est passé jadis à Nerrivik.

Sora vit l'apothicaire blêmir avant d'acquiescer. Après un silence, Hypoline confessa :

— Ils... Ils étaient tous là. Les habitants du palais. Près de ce qu'ils appellent les fresques vengeresses. Les servants et les servantes de la maîtresse des animaux marins. Il y avait aussi Taliana, mon ancienne voisine. Elle ressemblait à une sirène. Une sirène sans bras, au corps presque transparent. Elle était censée me surveiller, mais...

Sora se braqua et lança un long cri. La vision de Wilmard, inerte, occultait son regard. Ses nerfs se tendirent, exacerbés par la migraine qui lui taraudait le crâne. Nayati posa une main sur l'épaule de sa petite-fille et invita l'apothicaire à poursuivre.

— Mais Taliana ne voulait plus se soumettre à la maîtresse. Elle avait l'étoffe d'une dirigeante, qu'elle disait. Et puis... Et puis Sedna, avec son sexe masculin, l'avait rendue enceinte pendant leur union sur le rocher en forme de tête de baleine. Alors, alors... Taliana a porté des anguilles dans son ventre...

Hypoline s'arrêta de nouveau. Non sans difficulté, elle s'assit sur le plancher froid. Sora la scrutait avec hargne, serrant les mâchoires jusqu'à en avoir mal.

— Elles ont… Les anguilles ont dévoré le ventre de Taliana pendant qu'elle était vivante. Je crois que ce qui restait d'elle était destiné à une fresque vengeresse. Mais je n'ai pas pris le temps de vérifier. J'ai eu si peur que la force qui emprisonnait ma volonté s'est rompue. Et j'ai pu m'enfuir. J'ai remonté les escaliers jusqu'au laboratoire où se trouvaient les baleines. Je me suis emparée d'un scalpel, j'ai pris un domestique en otage et nous sommes montés dans le ventre d'un des mammifères marins. Je nous ai enfermés dans la cabine et j'ai obligé le serviteur à me montrer à manœuvrer l'animal. La baleine a nagé vers Makkovik. Et j'ai jeté par-dessus bord l'homme qui m'avait accompagnée après qu'il a essayé de me tuer. Ensuite… je me suis… me suis résignée à rester au Labrador en… en espérant que le périmètre de protection autour de ma maison fonctionnerait.

Les paupières d'Hypoline s'étaient mouillées de larmes pendant qu'elle parlait. Elle s'essuya les yeux avec un pan de son tablier. Les gouttelettes luisirent sur ses joues humides.

Sora gronda, de plus en plus incapable de réprimer sa colère. Comment Hypoline avait-elle pu tuer le seul être qui l'avait réellement aimée ? Avec un cri, Sora ordonna à Olof d'attaquer la cousine de Wilmard. La buse fonça vers le cou d'Hypoline, qu'elle mordit violemment. Du sang jaillit de la chair tailladée. L'apothicaire fouetta l'air de ses bras pour essayer d'attraper l'oiseau et parvint presque à le saisir. Quelques plumes valsèrent dans la pénombre de la fonderie. Des chaudrons churent de l'un des poêles dans un tumulte de fonte. Hypoline porta les mains à sa gorge. Le pendentif y brillait d'un éclat aveuglant. Sora somma Olof de poursuivre ses assauts, les tempes bourdonnantes, pendant que Nayati, qui avait battu en retraite vers l'entrée, sanglotait :

— Il faut que ça cesse. Que ça cesse. Je voudrais tellement mourir…

Le rapace frappa à grands coups de bec le visage de l'apothicaire, ses serres s'agrippant à l'une de ses épaules. Sora s'élança vers sa cible, les mâchoires ouvertes. En se tortillant, elle réussit à enserrer une partie du cou d'Hypoline entre ses dents. Le sang pulsait dans les veines de l'apothicaire en un martèlement affolé. L'odeur de sa peau, à la fois saline et rappelant la terre humide, emplit les narines de Sora. Un effluve d'huile s'y superposa, issu des cuves de la fonderie.

Sora mordit plus fort la gorge d'Hypoline, qui la repoussa d'un geste ample en arrachant du même mouvement son bâton de sourcière. Les pieds de Sora se dérobèrent. Son flanc gauche frappa le plancher avec fracas. Elle geignit de douleur. Audessus d'elles, Olof tournoyait. Hypoline réussit à empoigner le volatile, qu'elle projeta contre un mur. La tête de la buse percuta la cloison avant que son corps heurte le sol dans un couinement désarticulé.

Bouleversée, Sora vit Hypoline se pencher vers elle. L'apothicaire extirpa de son tablier un tuyau souple et élancé. Elle le planta au centre de la poitrine de Sora tout en la bâillonnant de sa main libre. La sourcière voulut la mordre alors qu'elle sentait le drain effilé creuser sa chair. Elle se débattit, donnant au hasard des coups de pied en direction de sa rivale.

— Il faut te purger des humeurs noires qui t'érodent les sens depuis trop longtemps, énonça Hypoline.

Nayati sortit à cet instant de l'ombre dans laquelle il s'était coulé. D'une voix faible, il approuva :

— Oui, Sora. Il est temps.

La sourcière le considéra avec hargne. Comment son grand-père pouvait-il ainsi la trahir ? Le vieil homme baissa la tête. Hypoline inspira fortement dans le tube transparent. Puis elle sortit d'une des poches de son tablier une fiole de verre dans le bouchon de laquelle elle inséra l'extrémité du tube. La poitrine de Sora lui sembla se resserrer, comme si une paroi s'était bloquée dans sa trachée pour empêcher l'air de circuler. Elle commença à tousser. Ses poumons se contractèrent à l'intérieur de sa cage thoracique, filtrant désespérément l'air restant. Les battements de son cœur se précipitèrent. Le tube était toujours enfoncé en haut de ses seins...

Avec une vigueur de plus en plus amoindrie, Sora s'échina à donner des coups de pied, les jambes engourdies. À quelques mètres d'elle, Olof se secoua en reprenant connaissance. Encore un peu assommé, il vint se jucher sur le comptoir aux côtés de sa maîtresse, prêt à attaquer une nouvelle fois si Sora le lui demandait.

À travers un voile cotonneux, la sourcière distingua Nayati qui, soucieux, se décidait enfin à intervenir. Il tendait la main vers le tube qui perforait le thorax de Sora.

D'une voix ferme, Hypoline arrêta son geste :

— Ne craignez rien, je suis en train de la sauver. Plus que quelques secondes et elle sera purgée.

Le corps lourd, Sora sentait l'air qui restait dans ses bronches succionnées par le cylindre fuselé. Sa bouche se tordit. Du coin de l'œil, elle vit flotter une fumée anthracite, cloisonnée dans la fiole hermétique. Les couleurs tanguèrent un moment devant ses pupilles. Elle se débattit avec ses ultimes forces en revoyant l'image d'Hypoline en train de trancher la gorge de Wilmard. Galvanisée par cette vision, elle réussit, à force de contorsions effrénées, à arracher le tube de sa poitrine. Un bruit de déchirement couronna ses efforts. Elle sentit l'air revenir dans ses poumons.

Sora ordonna aussitôt à son rapace d'attaquer de nouveau. Olof s'élança. Il picora le visage d'Hypoline avec de violents coups de bec. L'apothicaire hurla. Des rigoles écarlates constellèrent son épiderme. Elle essaya de repousser le volatile, de lui tordre le cou, mais la buse enfonçait ses serres au-dessus de ses omoplates. Au même moment, Sora, qui avait réussi à se redresser, se jeta sur sa rivale. Hypoline, sous le choc, tituba vers l'arrière et heurta une cuve emplie d'huile chaude, dont une partie du contenu macula ses habits.

Encouragé par sa maîtresse, Olof approcha son bec de l'œil droit d'Hypoline. D'un mouvement vif, il en transperça la cornée. L'apothicaire vacilla. Elle porta les mains à son visage blessé. Mais Olof s'accrocha à sa victime. La pointe recourbée de son bec perça la cornée rougie, avant de ressortir avec un bruit visqueux. Promptement, le rapace tira sur les filaments de l'œil crevé, qui se délogea avec un chuintement humide. Des larmes amarante jaillirent de l'orbite mutilée d'Hypoline.

Fière de son oiseau de proie, Sora l'encouragea de plus belle. La traîtresse méritait tellement pire que ce qui lui arrivait.

Tant bien que mal, l'apothicaire parvint à se libérer en repoussant Olof avec l'énergie du désespoir. Contrariée, la buse se réfugia avec son butin dans un coin de la fonderie pour le manger tranquillement.

Hypoline se traîna vers la porte ouverte. Debout à côté de la sortie, Nayati semblait dans un état second, pétrifié par ce qui venait de se passer. Une paume pressée sur son orbite ensanglantée, Hypoline réussit à se faufiler jusqu'à l'extérieur. Sora se précipita à sa suite. Elles progressèrent un instant dans le lichen, qui se barbouilla de traînées de sang mâtinées d'écume rejetée par le large.

Sa main libre appuyée sur son ventre, Hypoline avança avec peine jusqu'au bout de l'île. Sora la suivait de près. Aux pieds des deux femmes, un nid de pierres étendait ses strates superposées. La gorge de Sora s'étrécit lorsqu'elle songea à son œuf, patiemment recollé par Wilmard, morceau par morceau. Des vagues rebondirent sur les rochers en contrebas. Sora sentit la brise maritime l'effleurer, le poids de l'humidité l'écraser. Une sensation de danger l'oppressa, mais elle s'entêta, se répétant que sa mère ne lui ferait aucun mal; sa volonté de protéger sa fille serait plus grande que son désir de vengeance. Toutes deux, elles s'uniraient pour punir Hypoline, afin de l'emprisonner une fois pour toutes au palais.

La sourcière inspira profondément. Le vent salin balaya son visage. Alertée par les pas de Nayati, Sora pivota vers lui. Posé sur l'épaule du vieil homme, Olof suçait les ultimes débris de l'œil d'Hypoline.

Sora vit l'apothicaire avancer en hoquetant vers la rive. La robe d'Hypoline battait au vent, effrangée par sa lutte dans la fonderie. Les blessures qu'Olof lui avait infligées esquissaient des entrelacs de plaies sur sa chair, carte du ciel aux renflements blêmes.

Hypoline fit face au fleuve, les traits fissurés par la souffrance. La surface se gonfla en une unique vague, presque aussi haute que l'apothicaire. La cousine de Wilmard se tint droite devant l'immense lame et prononça, comme si elle s'adressait à la mer:

— Tu sais que je ne suffirai pas à ta haine.

Elle relâcha la pression sur son œil droit. Des gouttelettes écarlates chutèrent dans les eaux impétueuses. Sora s'approcha davantage, déterminée à pousser Hypoline dans les flots. Sa mère allait l'épauler, la protéger de son contact délétère. La sourcière apercevait ses ramifications filandreuses, qui se hissaient sur les pierres avec un bruit d'organes dégorgés de leurs liquides.

Les mèches désordonnées de Sedna gravirent les chevilles d'Hypoline, qu'elles entravèrent. Sora se jeta de tout son poids sur la meurtrière de son amant. Hypoline tomba sur le sol pierreux, les bras en croix, son collier arraché chutant quelques mètres plus loin. Nayati s'avança pour le ramasser avec une expression résignée.

À l'aide de ses pieds, Sora essaya de pousser l'apothicaire dans le golfe. Un tremblement agita soudainement le rocher sur lequel elles se trouvaient. Avec effroi, Sora comprit qu'elles étaient sur le dos d'une immense baleine.

Les secousses redoublèrent, souveraines. La masse colossale s'ébrouait. Sora poussa un hurlement au même moment que son adversaire. Affolée, la sourcière, avant de dégringoler dans le Saint-Laurent, eut le temps d'apercevoir Nayati qui lui tendait les bras. Hypoline glissa la première sur le flanc de l'animal, emprisonnée dans les mailles serrées de la chevelure de Sedna. Un mouvement brusque de la baleine la projeta au fond des eaux. À toute vitesse, le corps de l'apothicaire fut aspiré vers le bas, sans qu'elle puisse s'agripper à quoi que ce soit. La colère de la fille de Nayati avait triomphé de tout le reste.

La tête de Sora lui tourna. La surface était si près… Une bruine de gouttelettes ruissela sur ses vêtements humides de sueur. Réchauffés par la combustion de sa peau, ses habits se carbonisèrent comme des tisons échappés d'un feu de bois. L'odeur de tissu brûlé monta aux narines de Sora. Le souffle lui manqua. La chaleur s'accroissait, une sensation désagréable de picotement se répandant dans ses membres. La sourcière avait l'impression de prendre un bain de vapeur dont les seules émanations suffisaient à grêler sa chair. Désespérément, elle essaya de s'accrocher à la peau cuirassée à l'aide de ses dents. Mais le Léviathan l'entraînait vers le bas. L'eau s'éleva jusqu'à ses jambes, retroussa sa robe sur sa taille. Des étincelles crépitèrent sur sa peau, qui se marbra instantanément de taches brunes.

Sora sentit la chair de ses membres inférieurs se racornir. La douleur lui fit presque perdre connaissance. Avec horreur, elle sentit l'odeur de brûlé de ses propres jambes. L'eau grimpa le long de ses cuisses. Grésilla sur ce qui lui restait de peau intacte. S'infiltra dans sa gorge comme des flots de lave. À quelques centimètres de la surface, Olof plongea vers elle pour tenter de la secourir. Mais elle ne pouvait plus bouger. Ses muscles à nu étaient avachis et incapables d'obéir.

L'eau se souleva jusqu'au cou de Sora, la dévorant de son chapelet de flammes. Au fond du fleuve, elle crut discerner une grande structure circulaire, scintillante, prête à l'accueillir. Nerrivik… Nerrivik où sa mère l'avait trahie. Mais la vision se résorba, comme ces cités imaginaires sur les eaux que les marins voient parfois tanguer à l'horizon. Ses larmes se confondirent avec les embruns. Sur la rive, elle aperçut, l'espace d'une seconde, son grand-père qui la regardait disparaître dans les flots, le visage défait. Entre ses doigts, il tenait un objet qui irradiait d'un éclat séculaire.

Les paupières de la sourcière grésillèrent, à moitié calcinées. Sedna n'avait pas su la protéger. Ou n'avait pas voulu.

Sora cessa de lutter, plaie vive. Le souvenir du visage de Nayati s'imposa à elle, mais son image se superposa à celle des traits indistincts de sa mère. Puis à ceux de Wilmard. Elle allait les rejoindre. Revoir son Peshu. S'unir avec lui dans une mort définitive.

TROISIÈME PARTIE

2015

1

Celui avec les eiders

La tête à l'envers, les pieds recourbés autour d'une poutre étroite, Maïk colmatait les brèches d'une ancienne habitation dans le silence matinal. L'arche, constituée d'une succession de nids reliés par des ponts suspendus, laissait entrer les courants d'air et la poudrerie par ses interstices. La nuit précédente, le premier gel de l'année avait affaibli la structure autrefois érigée par les hommes-oiseaux. À présent, les maisons perchées sur les promontoires se détérioraient, dépourvues du moindre occupant.

Maïk ajusta le col de sa combinaison de duvet, sur laquelle quelques flocons s'accrochaient, avant de coller une touffe de brindilles sur une fissure à l'aide d'un adhésif. L'air se refroidissait sur les monts Groulx, après un été fugace. Bientôt, les sommets, que les Innus appelaient *uapishka*, montagnes blanches dans leur langue, s'enneigeraient sous le passage persistant des tempêtes. Habitué aux températures rigoureuses de l'endroit, où il était né vingt ans auparavant, l'homme-oiseau poursuivit ses réparations. En se propulsant à l'aide de ses jambes, Maïk déplia son corps longiligne. Les planches de la passerelle couinèrent sous son poids. Il colla une nouvelle touffe de brindilles sur une faille qui lacérait l'ancienne habitation à demi juchée au-dessus du vide.

Ému, il songea à ses ancêtres, qui vivaient en autarcie dans les hauteurs, et à leurs connaissances avancées. Sa grand-tante Irmine, descendante de la lignée de Gérène, avait toujours dit que le savoir de leurs aïeux découlait de l'influence du cratère météoritique de Manicouagan, dont ils gardaient farouchement le périmètre. Longtemps, les autochtones du Labrador et de la Côte-Nord avaient redouté la complexité de leurs techniques ainsi que leur régime alimentaire, parfois composé de viande humaine. Hélas, le règne des hommes-oiseaux s'était affaibli siècle après siècle, à cause des naissances de plus en plus rares de filles et de leur stérilité grandissante. Maintenant, seule une demi-douzaine de structures en ruine et quelques vestiges éparpillés sur les monts témoignaient, pour un observateur aux aguets, de leur civilisation ancienne.

Le jeune homme soupira en examinant les fondations maintes fois rafistolées, jadis fondues en partie dans la pierre, avec laquelle elles se confondaient. D'un bond, il atteignit le perchoir situé devant l'entrée principale. L'étroite passerelle, éloignée de trois mètres, saillait d'une falaise abrupte aux nombreuses crénelures. À défaut de savoir voler comme ses ancêtres, Maïk pouvait tout de même franchir des distances impression-nantes. À l'instar de sa grand-tante, il ne possédait

qu'un vestige d'ailes, renflement de cartilages iné-
légant.

Le vent s'infiltra dans les crevasses des habitations désertées en produisant une mélodie émou-
vante. Maïk ferma les yeux pour mieux l'entendre ;
depuis toujours, il pouvait passer des heures à
écouter les variations de la brise, ses sifflements
qui parcouraient les sommets à la manière d'une
symphonie complexe. Au bout d'un moment,
l'homme-oiseau ouvrit à regret les paupières.
Depuis la mort de son père, la tâche de vigile lui
incombait. Il ne devait pas faillir à son rôle de
sentinelle.

Maïk jaugea le sol, visible à travers les interstices
entre les planches que retenaient des agrafes cor-
rodées. Une toundra rouge et blanche tapissait le
versant de la montagne un peu à l'est de « l'Œil
du Québec », pelotonné entre les touffes d'herbes
sèches et les renflements du roc. Plus bas, les
épinettes reprenaient leurs droits, de moins en
moins clairsemées au fur et à mesure qu'elles dévalaient les monts jusqu'aux abords de la route 389,
qui devenait, plus au nord, la Trans-Labrador.
Maïk ne s'était jamais aventuré très loin des terres
de ses aïeux, sauf pour chasser le caribou et le
renard dans le périmètre du cratère météoritique
qui se nommait, selon Irmine, un astroblème.
Une fois seulement, avant la mort de son père, il
était monté au nord sur une motoneige volée par
Mitiling. Celui-ci tenait à capturer une femme de
Wabush, dans une tentative pour offrir une des-
cendance à leur colonie. Mais la grand-tante de
Maïk avait compris dès le départ qu'ils s'échinaient

en vain et, de fait, ils n'avaient pas réussi à agrandir la famille. Après avoir bénéficié des bonnes grâces des météores, leur peuple était condamné à s'éteindre avec ses deux derniers re-présentants. Surtout que Mitiling, « celui avec les eiders », trop attaché à ses terres où il voulait finir ses jours, refusait de quitter son poste de vigile sur les monts Groulx. Et comme son fils n'avait jamais démontré d'intérêt pour le sexe opposé, les randonneuses qui gagnaient les massifs le laissant toujours froid...

Songeur, Maïk colmata le porche de l'ancien nid, un peu ralenti par ses mains palmées. Des hommes-oiseaux, il avait hérité de l'ensemble des caractéristiques : un nez busqué, des lèvres fines et légèrement recourbées, un visage aquilin. Tel que son père le lui avait enseigné, il montrait son appartenance au clan par des plumes de rapaces portées en colliers et des coquilles d'œufs collées à l'emplacement des sourcils. Des brindilles de taille disparate, qui allaient du blanc caille au marron, agrémentaient son crâne presque chauve. Mais, surtout, son regard perçant et ses jambes légèrement incurvées vers l'intérieur faisaient de lui un authentique homme-oiseau.

Maïk délia ses membres noueux. Il sauta sur un promontoire situé à plusieurs mètres de l'endroit où il se trouvait. Il l'atteignit en parfait équilibre. Sa grand-tante Irmine, bien que velléitaire, avait toujours été fidèle à l'esprit de la lignée de Gérène, qui s'intéressait au monde extérieur et privilégiait l'étude de leurs coutumes. Elle lui avait souvent dit qu'il ferait un excellent funambule dans un cirque. Du moins, s'il quittait un jour les monts Groulx. Mais le dernier homme-oiseau, attaché aux successions de nids et de passerelles qui s'érodaient près des pistes de caribous, se sentait oppressé dès qu'il s'éloignait des éminences. Ses visites au cimetière des ancêtres, en bas du massif Provencher, le rendaient nerveux, même s'il savait qu'il devait rendre hommage aux ossements brûlés par l'orage, disposés par centaines dans les rainures creuses.

Le jeune homme continua son ascension en sifflant une mélodie aux accents tristes, qui accompagnait les variations impromptues du vent. Les paumes ouvertes, il épousa les aspérités de la montagne, avec lesquelles il fit corps. Le sommet n'était plus qu'à quelques mètres au-dessus de sa tête. Il arrêta de siffler en apercevant une mouche, dont la présence était exceptionnelle à cette hauteur. Il l'aspira entre ses lèvres avant de l'avaler d'un trait. Ses mains cagneuses, bardées de corne, le soulevèrent ensuite au faîte du mont Provencher, ceint de crêtes bleuies par le ciel.

Maïk s'immobilisa sur la cime, aux abords des décombres d'une ancienne maison close. L'habitation de plusieurs étages était autrefois suspendue en partie dans le vide. Sa grand-tante disait que des hommes-oiseaux libidineux y emmenaient, souvent sans leur consentement, des femmes d'autres clans. Qu'ils allaient même parfois jusqu'au Labrador ou au détroit de Belle Isle pour les capturer, afin d'essayer de contrer cette stérilité qui frappait leur peuplade depuis des siècles.

Le cœur serré, Maïk sonda l'horizon, à quelques pas du promontoire destiné traditionnellement au vigile du clan, sur lequel le bâton bruni de sang de Mitiling était appuyé. Il suivit du regard le tracé de la toundra, avalée plus bas par la lisière chétive des conifères. À l'ouest, les arbres ceignaient l'astroblème de Manicouagan et l'île René-Levasseur en son centre. Le jeune homme savait que certaines roches arboraient l'empreinte crayeuse de la collision avec la météorite qui avait modelé la cordillère des Laurentides. Les impactites coiffaient çà et là le granit, taches blêmes qui étalaient la mémoire de l'immense cicatrice.

Maïk vacilla. Le paysage se diffracta. Il porta les mains à ses tempes. La sensation d'inconfort avait été passagère, comme un éclair de chaleur foudroyant le ciel. Les paupières du jeune homme frémirent. Il avança vers le vide, les bras déployés pour inspirer l'air raréfié des sommets. L'homme-oiseau eut l'impression que ses pieds tanguaient. Les rochers dégarnis en contrebas semblèrent se rapprocher, donnant l'illusion que la forêt marchait vers lui. Il toussa, les mains appuyées sur le thorax. Un nouveau coup d'œil vers le bas accentua sa nausée.

Interdit, Maïk s'éloigna du bord de la montagne. Il s'agenouilla dans le tapis de lichen. Une odeur terreuse lui monta au nez. Les rayons de soleil matinal criblèrent son visage. Ses haut-le-cœur redoublèrent. Il était sans doute temps qu'il rejoigne son lit, après une nuit épuisante à réparer l'arche. Mais ses membres protestaient, comme s'ils voulaient rester plaqués contre le sol. Pour la première fois de sa vie, l'homme-oiseau eut l'impression de *sentir* la hauteur vertigineuse à laquelle il se trouvait. Il eut un hoquet. Les battements de son cœur s'affolèrent quand il pensa aux mètres et aux mètres de roc qui dégringolaient en contrebas. Il eut tout à coup envie de respirer l'air abondant des terrains vastes et plats qui enclavaient la route Trans-Labrador.

Les bras tendus devant lui, Maïk se força à avancer, accroupi, en prenant appui sur les rochers autour de lui. Sa combinaison se macula d'herbes et de terre sèche. Il continua à traîner ses membres ankylosés. Mystifié, le jeune homme remarqua que le vertige se dissipait légèrement pendant qu'il descendait le flanc de la montagne. Que se passait-il? Il avait pourtant toujours été un équilibriste. Souffrait-il de ce mal subit qui rendait soudainement incapable de supporter les hauteurs? L'unique consolation de ces hommes-oiseaux était alors de creuser jour et nuit une fosse profonde jusqu'à ce qu'elle devienne leur tombe. Même son oncle Bazille avait été accablé par un trouble de ce type avant de mourir.

Tant bien que mal, Maïk tenta d'étouffer son angoisse en se concentrant sur les sifflements feutrés du vent. Sa grand-tante lui dirait sans doute qu'il était simplement fatigué.

Un peu plus soulagé, l'homme-oiseau aperçut la cabane qu'il partageait avec Irmine. Appuyée sur de larges solives qui perçaient la pierre, la demeure avait été rafistolée à maintes reprises. Un bosquet fourni, que sa grand-tante entretenait quotidiennement, dissimulait leur habitation aux

randonneurs équipés de GPS, plus nombreux
dans la région depuis une dizaine d'années. Avant,
les excursionnistes étaient quasi inexistants. Maïk
se dirigea, chancelant, vers la passerelle en corde
décorée de pommes de pin. Le souffle lui manqua
une nouvelle fois. Il vit les cols des monts s'in-
curver sur l'horizon. Luttant contre ce vertige
inexplicable, Maïk se traîna jusqu'à sa demeure.
Des brindilles tombées de sa chevelure voltigèrent
devant son visage.

La porte de la cabane pivota. Maïk eut l'impression qu'elle allait s'affaisser sur le sol, ses
gonds arrachés comme les racines d'un arbre ren-
versé par l'orage. Il s'agrippa tant bien que mal à
la cloison, le souffle court. Les murs de la construction, dotée d'une pièce unique séparée en
deux par un paravent en peaux de caribou, chavi-
rèrent. L'homme-oiseau s'échoua sur une chaise
près du poêle aux braises refroidies, héritage d'un
ancêtre qui l'avait possiblement dérobé plus au
sud. Il s'étonna de l'absence de sa grand-tante,
qui avait l'habitude de se mettre au lit pile à six
heures du matin avant de dormir pendant une
bonne partie du jour, tels ses aïeux.

En se massant les tempes, Maïk essaya de
chasser la nausée qui refluait dans son œsophage.
Un raclement incongru lui parvint en sourdine,
comme si un animal fouissait dans les fondations.
Il tendit l'oreille, à demi penché vers le plancher.
Le jeune homme s'agenouilla sur le sol. Sa combinaison en duvet se marbra de sciure de bois. Le
plancher lui semblait pulser au rythme affolé de
ses battements cardiaques. En nage, il s'étendit sur

les lattes arrondies. Les grattements s'amplifièrent, à la manière d'ongles dérapant sur une surface métallique.

Maïk avisa une tache noircie à côté du lit d'Irmine, entre le plancher et le bas du paravent. Elle lui fit penser à un amas de gravats. Le front plissé, l'homme-oiseau rampa jusqu'à la couche de sa grand-tante. Il appela sa parente d'une voix incertaine. Un grondement lui répondit. Péniblement, il se hissa vers le lit d'Irmine. Les couvertures en peaux de loutre tannées s'amoncelaient d'un côté. Il remarqua que le socle de bois sur lequel s'appuyait le matelas avait été légèrement déplacé. Sous l'ancien emplacement du lit, une ouverture s'étalait telle une flaque goudronneuse. Maïk écarquilla les yeux en découvrant les pourtours d'une fosse. Les mains tremblotantes, il repoussa le lit de sa grand-tante. Une brèche béait dans le roc fendillé. L'inquiétude l'emplit tandis qu'il demandait :

— Irmine, mais… mais qu'est-ce que tu fais ?

Les halètements de sa grand-tante lui parvinrent, plus près qu'il ne l'aurait cru. Pourtant, Maïk ne distinguait ni sa silhouette courtaude, presque naine, ni les plumes de goélands d'un blanc immaculé qu'elle aimait porter en chignon.

— Remonte tout de suite ! la supplia-t-il.

Il entendit un raclement au fond de la fosse, comme si Irmine était en train de gratter le sol rocailleux à l'aide de ses ongles.

— Je ne peux pas, gémit-elle. C'est la fin. La fin du règne des hommes-oiseaux. Le vertige… Il t'a eu aussi ?

— Oui, souffla-t-il.

La tête douloureuse, Maïk se pencha vers la fosse. Il tendit les bras en direction de sa grand-tante. Il n'apercevait toujours pas Irmine, engluée dans le tunnel de ténèbres.

— Je me doutais que le vertige viendrait nous prendre en même temps. C'était prévisible. Surtout avec la pluie d'étoiles filantes d'hier. Mes ancêtres de la lignée de Gérène savaient que les choses se termineraient ainsi.

La voix d'Irmine s'étouffa dans une toux rauque.

— Ils savaient quoi? demanda Maïk, les lèvres étrangement humides.

— Je te l'ai déjà dit, mais Mitiling t'avait convaincu que tu n'étais pas concerné. Je t'ai raconté que le grand vertige viendrait, une ultime nuit, avec le premier gel. Une poudrerie constituée de poussières de météorites très anciennes. C'est la fin. Je dois descendre encore et encore. Arrêter de perdre du temps et creuser.

Maïk essuya son menton du revers de la main. Une écume bleuie s'accrocha à sa paume et dispersa un relent salé dans l'habitation. Son estomac se tordit tandis qu'un flot de salive montait dans sa gorge.

— Tu peux me rejoindre, grogna Irmine. J'ai... J'ai déjà commencé à agrandir le passage dans la montagne. Ce passage deviendra ma tombe. Et la tienne, si tu veux. Tu verras, tu te sentiras mieux quand tu seras plus bas. Toujours plus bas. C'est la seule manière de fuir le grand vertige. Maintenant, viens m'aider. Bois une tisane tétanisante et viens me rejoindre. Ou laisse-moi creuser.

Les raclements reprirent. Un goût acide emplit la bouche de Maïk. À la périphérie de son regard, un déplacement fugace attira son attention. Un mouvement si bref. Les battements d'ailes d'un oiseau qui s'éloignait par la fenêtre. Un objet brillait sur la table.

En titubant, Maïk se redressa. Sa propre taille lui parut vertigineuse. Il s'échoua sur l'une des deux chaises qui bordaient la table. Sur le bois, une petite fiole scintillante gisait, chapeautée d'un couvercle. L'homme-oiseau descella et ouvrit le contenant. Un papier se défroissa entre ses mains palmées. Une carte sommairement esquissée, sur laquelle Maïk reconnut la route 389 et la frange morcelée de la Basse-Côte-Nord, y était tracée. L'île du Chat était entourée d'un cercle bourgogne. Une phrase suppliante surmontait le dessin:

Le temps est venu que la colère de ma fille cesse: un homme-oiseau doit immédiatement nous rejoindre à Tête-à-la-Baleine pour rétablir l'honneur des siens.

Nayati, « celui qui lutte »

Le jeune homme se frotta le front. Des esquilles d'œuf s'en détachèrent. Et s'il existait un remède au vertige? S'il pouvait tenter quelque chose, n'importe quoi, plutôt que d'attendre la mort en forant sa propre tombe? N'était-ce pas le rôle d'un vigile de guetter toutes les éventualités?

Il baissa la tête et appela sa parente:

— Irmine? Pourquoi tu ne descendrais pas au sud avec moi?

Un grognement s'éleva de la crevasse :

— Il est trop tard pour moi. J'ai fait mon choix.

Maïk serra les poings. Il devait prendre le temps de réfléchir sur la voie à suivre.

Non sans difficulté, il s'approcha du comptoir, où il s'empara d'une tasse sale. Il la remplit de l'eau tiède qui croupissait dans la bouilloire. Il y incorpora des herbes qui avaient la propriété de procurer une sensation d'apesanteur, avant de se rasseoir près de la table. Après quelques gorgées, il se sentit un peu mieux. Son regard dériva vers l'unique fenêtre de la cuisine, par laquelle l'oiseau était entré et reparti.

Les yeux perçants de Maïk se plissèrent. Les monts Groulx s'arquaient, à l'ouest, vers l'astro- blème, dont l'œil colossal criblait le roc. Des nuages se déroulaient sur les crêtes des *uapishka*. Il savait qu'au-delà, s'il descendait les monts vers la gauche, entre la route 389 et l'île René-Levasseur, se trouvait le Refuge du prospecteur, où sa grand- tante allait parfois s'approvisionner. La 389 sinuait ensuite en direction de Baie-Comeau, plus de trois cents kilomètres au sud. Il pourrait essayer de rallier la Basse-Côte-Nord, de rencontrer ce Nayati. Tenter quelque chose plutôt que de subir le grand vertige sans réagir. Et puis, Mitiling n'était plus là pour freiner ses élans, pour déverser sa violence sur lui. Pour l'obliger à épouser ses des- seins.

Le corps engourdi, Maïk s'écroula sur son lit. Il allait se reposer quelques heures, bénéficier du sursis offert par les herbes tétanisantes. Ensuite, s'il décidait de partir, il ferait ses maigres bagages, emporterait son journal et des pierres précieuses en guise de monnaie d'échange. Puis il descendrait de ces monts qui l'avaient vu naître. Emprunterait en sens inverse les passerelles. Car il semblait que les pas du dernier homme-oiseau le porteraient vers le golfe et ses innombrables archipels.

Mémoires de Maïk, fils de Mitiling

20 septembre

Je rédige quelques lignes avant de partir pour la Basse-Côte-Nord, un peu apaisé par la tisane tétanisante. Cette fois encore, je noircis les pages vides du volumineux cahier dans lequel ma mère avait l'habitude de noter ses pensées. J'ai souvent parcouru ses écrits avec ma grand-tante Irmine. C'est elle qui m'a appris à lire et à écrire pendant les longues nuits d'hiver, veillant à m'approvisionner en encre et en papier à la pourvoirie en échange de pierres brillantes qu'elle avait amassées. Elle qui a eu le soin de m'inculquer le plus grand nombre de connaissances possibles. Contrairement à mon père, elle m'a toujours encouragé à cumuler les savoirs sur le monde qui m'entourait. Elle disait que c'était l'un des héritages de sa lignée maternelle, moins sédentaire que celle de Mitiling. L'une de ses ancêtres avait d'ailleurs infiltré jadis le monde extérieur, où elle avait eu des descendants.

Je sais que ma grand-tante et ma mère étaient amies, avant le décès de cette dernière. Cassandre est morte au bout de son sang, le bas-ventre déchiré par le passage de mon œuf, qu'Irmine s'est ensuite chargée de couver. Ce tragique dénouement était fréquent chez les femmes originaires de l'extérieur du clan. Et comme ma mère venait de Nain, au Labrador, où, alpiniste confirmée, elle organisait des expéditions dans les monts Torngat, elle n'avait pu échapper à cette fin anticipée. Mais mon père ne s'était pas attendri sur son sort : il était fier d'avoir un enfant, le premier à naître depuis vingt ans. Il y voyait un signe positif de son acharnement. Il m'avait donc laissé aux bons soins d'Irmine alors qu'il reprenait son poste de vigile au sommet du mont Provencher, d'où son regard pénétrant balayait les éminences. Comme son père avant lui, il guettait l'invasion des intrus sur notre territoire, à laquelle nous n'avions pas eu le choix de nous adapter. Puisque nous n'étions plus que quatre en 2010, nous ne devions en aucun cas attirer l'attention. Quand des randonneurs atteignaient le sommet où nous avions élu domicile, nous feignions d'être comme eux de simples excursionnistes, une tente en toile contribuant à entretenir l'illusion. Si leurs doutes persistaient, l'un de nous leur offrait une tisane dont la recette, héritée de nos ancêtres, possédait comme vertu d'effacer la mémoire à court terme. Mitiling m'avait souvent répété, les poings serrés, que nous ne méritions pas un sort aussi méprisable, de mener une existence clandestine. Que jadis les miens ne se déguisaient pas en hommes et se nourrissaient fièrement d'insectes, de viande animale et de chair humaine. Mais il n'était plus question de capturer des humains comme le faisaient nos ancêtres, nous devions nous montrer prudents. Sinon, notre quiétude sur les cimes à l'est du cratère météoritique ne serait plus qu'un souvenir.

Néanmoins, mon père avait tenté d'éviter l'extinction de notre civilisation. Il avait entre autres séquestré un jeune homme dans la maison haut perchée pour l'obliger à féconder Irmine, la dernière femme-oiseau du clan. Mais ma grand-tante se prétendait stérile, son absence d'enfants en témoignant. Et je crois qu'elle l'était réellement, comme bon nombre de descendants d'ancêtres au sang non mêlé.

Je me souviens que je m'étais dissimulé sous une passerelle pour observer la scène. Les jambes recourbées sous le pont suspendu, je retenais mon souffle, en équilibre au-dessus du vide. Les planches de bois oscillaient au gré des vents d'avril, qui m'hypnotisaient de leurs chants impétueux. De mon abri, je distinguais l'entrée de la maison haut perchée, érigée sur de larges pilotis, sa terrasse bravant les cimes. La porte entrebâillée diffusait un éclairage feutré.

J'avais entendu des pas s'approcher. J'avais rapidement reconnu la démarche autoritaire de Mitiling, qui avançait le dos droit, martial. Ma grand-tante avait toujours dit que je lui ressemblais d'une façon frappante, même si, pas plus qu'elle, je n'avais hérité de cette violence et de cette intransigeance encensées par les hommes-oiseaux de ma lignée paternelle. De cette sauvagerie des sens. Un legs pervers des poussières stellaires, peut-être, et qui, selon Irmine, avait amené voici bien longtemps plusieurs hommes-oiseaux à abuser, des nuits durant, d'une jeune Inuite de Makkovik. Depuis, selon elle, les choses n'avaient fait qu'empirer année après année.

Stoïque comme ses ancêtres, mon père forçait le randonneur aux poignets liés à avancer sur la passerelle. C'était un jeune homme d'au plus vingt ans. Mitiling brandissait son bâton de vigile tacheté de sang, qui avait déjà beaucoup servi. Sa proie semblait vulnérable, écrasée sous le poids de son sac à dos. Ses cheveux brun roux noués de manière lâche, le corps mince et musclé, le jeune homme exsudait la peur. J'avais eu envie de lui venir en aide. Je m'étais redressé sous la passerelle pour avoir un meilleur angle. La chemise lacérée du randonneur laissait entrevoir une partie de son torse, émaillé de taches de rousseur, son ventre aux poils blondis.

J'avais senti ma respiration s'accélérer. La gorge nouée, j'avais entendu le prisonnier supplier, demander où il se trouvait exactement. Mon père l'avait poussé plus avant sur le pont suspendu de l'arche, le frappant à l'estomac avec son bâton. Le prétendant d'Irmine s'était agrippé aux cordes qui se balançaient au-dessus du vide. C'est à ce moment que le jeune homme m'avait aperçu, plaqué sous la passerelle. Son regard m'avait vrillé. J'avais frissonné, un instant déséquilibré. Le randonneur était ensuite entré dans la maison haut perchée.

Je ne l'avais jamais revu, mais m'étais convaincu par la suite que le beau jeune homme avait réussi à s'enfuir. Alors qu'il était probablement mort au bout de son sang.

Et j'avais continué d'entretenir l'arche, en pensant à lui parfois, tandis que je chérissais les vestiges d'une communauté naguère vivace.

2

Au cœur de l'hinterland

Le couvert de conifères se resserra sur Maïk. Le souffle court, le jeune homme réajusta son capuchon de toile, qui lui donnait une apparence presque humaine. Avec ses lunettes aux verres fumés et les gants de cuir qui dissimulaient ses mains palmées, son camouflage était complet.

Le sol chavira devant Maïk, semblable aux signes avant-coureurs d'un évanouissement. Il porta les mains à sa poitrine. Un haut-le-cœur le secoua. En chancelant, l'homme-oiseau se retourna vers l'arche. Les yeux plissés, il parvint à repérer quelques-unes des ruines colmatées à maintes reprises. En pensée, il reconstitua les charpentes d'origine des bâtiments. La cabane qu'il occupait avec Irmine se trouvait à gauche, à quelque distance des décombres de la maison haut perchée, étouffée sous une végétation dense. Il en localisa l'emplacement, le regard brouillé par des ondoiements semblables à des vagues de chaleur. Il serra les mâchoires en songeant à sa grand-tante, qui forait toujours sa propre tombe. Les paupières de Maïk s'humidifièrent. Pauvre Irmine... Comme elle avait perdu l'esprit au moment de commencer à creuser, tout ce qu'il pouvait faire pour honorer sa mémoire, désormais, était d'atteindre la Basse-Côte-Nord.

Maïk continua de descendre le flanc du mont Provencher, les jambes pesantes. L'air lui parut plus limpide à cette altitude, moins accablant. La chaleur s'accentuait légèrement. Un essaim de moustiques voltigeait à ses côtés. L'homme-oiseau ne put s'empêcher de saliver. Quand avait-il mangé pour la dernière fois ? L'abondance des insectes l'alléchait : jamais ceux-ci ne fréquentaient en grappe les sommets, déroutés par les vents omniprésents. Comme Maïk avait emporté peu de vivres avec lui, il profiterait de cette aubaine, plutôt que de perdre du temps à pister un caribou et d'essayer de l'abattre avec sa lance. Vraiment, il ne restait plus grand-chose de la civilisation triomphante de ses ancêtres.

Il escorta l'essaim bourdonnant. Les insectes volaient en une nuée noirâtre. Son ventre gargouilla. En bas des monts, de petits lacs exhibaient leurs berges crénelées. Leur surface, couleur d'acier, chatoyait de particules scintillantes. Contrairement à la plupart de ses ancêtres, Maïk n'avait pas l'eau en aversion et acceptait même de s'y immerger à l'occasion. Par contre, il n'aurait jamais passé des heures à se baigner de son plein gré ; il préférait de loin écouter sur la terre ferme le bruit des bourrasques qui hérissaient les remous.

L'homme-oiseau marcha dans les herbes jaunies, parsemées de broussailles et d'éboulis. Il ramassa machinalement une roche brillante, qu'il glissa dans ses bagages. Puis il atteignit l'un des petits lacs. La tête douloureuse, il s'agenouilla à côté des eaux marécageuses. Les insectes y vrombissaient par centaines. Il inspira longuement pour chasser le vertige, les muscles tendus. Des mouches, des moustiques et même des cloportes s'affairaient sur un gros amas aux abords du rivage. Maïk songea à ces Léviathan qui peuplaient certaines des légendes racontées par Irmine. Mais le monticule était d'une taille plus modeste en comparaison. Sans compter qu'il se trouvait à l'intérieur des terres, en plein cœur de l'hinterland.

Perplexe, l'homme-oiseau s'approcha des eaux stagnantes. D'un claquement de mâchoires, il avala plusieurs mouches noires, broyant les ailes tremblotantes entre ses dents. Alléché, il progressa parmi les herbes limoneuses. Le liquide ceignit ses bottes en caoutchouc d'un écrin vaseux. L'amas bourdonnant se précisa. Recouvert d'une cuirasse d'insectes épars, le monticule frémissait au gré des battements d'ailes des nécrophages. Maïk eut l'impression que le monceau respirait, qu'il tressautait sous les vrombissements multiples.

Le jeune homme avança, de l'eau à la hauteur des genoux. Des remugles flottèrent jusqu'à lui. Incertain, il arqua néanmoins la tête afin d'avaler une dizaine de moustiques. Les insectes trépidèrent un instant au creux de ses joues avant de se racornir. Les vertiges le reprirent, plus vifs. Tant bien que mal, Maïk progressa vers l'amas. L'odeur rancie se définit, mêlée à des effluves d'algues mouillées. Il eut un mouvement de recul quand le monticule palpita imperceptiblement. L'homme-oiseau eut l'impression furtive d'entendre un ricanement, assourdi par une peau de tambour. L'amas tremblota de plus belle. Plusieurs insectes s'envolèrent, importunés dans leur festin.

Sous les yeux médusés de Maïk, l'amas se précisa : une carcasse de caribou femelle, sa partie inférieure noyée dans les eaux. Entre les organes dévorés par les nécrophages et l'une des côtes du squelette, un œil apparut. L'homme-oiseau poussa un cri. En titubant, il retraita vers la berge. Un bruit de succion s'éleva derrière lui. Il se retourna brusquement. Un être de petite taille, mais obèse, s'extirpait de la charogne, souillé d'hémoglobine et de sucs gastriques. Un enfant, âgé de six ou sept ans. Qui commença à se laver dans le lac, en frottant sommairement ses membres et sa bouche encrassés de sang.

— Mais qu'est-ce que… Qu'est-ce que tu fais là ? réussit à balbutier Maïk.

L'enfant cracha un filet de salive rosie avant de gratter sa tête surdimensionnée, aux traits grossièrement taillés.

— Je dormais dans la proie que j'ai trouvée. J'aime la chaleur que l'on trouve à l'intérieur.

L'incompréhension se peignit sur le visage de l'homme-oiseau.

— Mais… Comment pouvais-tu dormir dans le lac ? Avec tous ces insectes sur la carcasse ?

L'enfant eut un vilain sourire qui étira sa face boudinée, au teint hâlé. Ses cheveux sombres et frisés tombaient sur sa nuque en touffes séchées et ployaient sur son large front jusqu'à ses yeux d'un jaune ambré. Maïk renchérit :

— Mais… tu n'avais pas peur de mourir noyé ? Ce n'est vraiment pas un endroit prudent pour dormir.

— Non. Je ne vais pas mourir maintenant. Je dois mourir à sept ans. Pas avant.

— Comment peux-tu en être si certain ?

— Parce que je suis comme tous les cambions.

— Les cambions ?

— Des enfants qui ne dépassent jamais sept ans, expliqua le garçon. Là, j'ai six ans. Et j'en aurai sept le 25 septembre.

— Mais qu'es-tu, au juste ?

— Les cambions proviennent de l'union d'un sorcier et d'un être bisexué. C'est ce que mes parents m'ont dit avant de m'abandonner quand ils ont fait semblant de partir en randonnée.

— Mais pourquoi t'auraient-ils abandonné ? demanda Maïk.

L'enfant sautilla sur sa jambe droite avant de gagner le rivage. Sa veste en loques formait une sorte de cape qui s'effrangeait au-dessus de son short autrefois beige.

— Ils disent que je suis méchant. Que je suis né comme ça parce que je suis un cambion. Que j'ai toujours faim. Trop faim. Et que j'aime faire le mal. Comme quand j'ai grignoté un morceau de bras de mon petit frère dans le berceau. C'était il y a un mois. Je ne le regrette pas. C'était bon. Je recommencerais tout de suite si je pouvais. Mais mes parents n'ont plus voulu de moi ensuite. Surtout après avoir rencontré cette espèce d'amie médium de mon père. Elle disait que, de toute façon, je mourrais bientôt. Qu'il était trop tard pour moi, mais qu'elle pouvait encore sauver mon frère, si je ne l'influençais pas.

Perplexe, Maïk examina l'enfant, dont le nez frémissait. Ses yeux jaunis semblaient vouloir le transpercer.

— Toi aussi, ajouta-t-il en reniflant, tu as à voir avec le mal. Tu te diriges vers une force attrayante, là-bas, près du littoral. Elle m'attire moi aussi… Sa colère est puissante. Exquise. Je veux m'en approcher autant que possible.

Dépassé par les propos de l'enfant, Maïk répondit :

— C'est vrai que je vais jusqu'à la Côte. À Tête-à-la-Baleine. Mais ce serait long à t'expliquer.

— Tu n'as pas besoin de m'expliquer. Nous, cambions, sentons les choses avant les autres. Comme ta main droite qui est en train de disparaître.

Maïk retroussa son gant, désarçonné. L'enfant avait raison : sur sa main palmée, la peau, translucide par endroits, laissait voir un réseau de veines bleutées. Les vaisseaux sanguins cherchaient à jaillir, comme des racines, de son épiderme fragilisé. Il poussa un cri avant de se remettre à marcher nerveusement. Le garçon le rejoignit, essoufflé.

— Je veux aller à Tête-à-la-Baleine aussi. Avant mes sept ans. Pendant qu'il est encore temps. Il le faut. *Elle* m'attend.

Maïk se retourna vers l'enfant en massant sa main. L'expression du visage du cambion était étonnamment mûre et résolue. L'homme-oiseau se remit en marche, talonné par le garçon obèse, vers la 389 qui se profilait au loin, avec son embranchement qui menait au Refuge du prospecteur. De temps à autre, un visiteur y venait en hélicoptère. De son poste de vigile, Maïk avait souvent admiré ces oiseaux mécaniques au vol tressautant. S'il parvenait à convaincre le propriétaire de l'appareil de le prendre à bord, il pourrait rallier rapidement Tête-à-la-Baleine. Derrière lui, l'enfant haletait en traînant son corps bouffi.

— Tu ne veux pas savoir mon nom ?

— Non. Pourquoi je m'encombrerais d'un inconnu ?

— Parce que, sinon, je dirai à la pourvoirie que c'est toi qui m'as abandonné ici. Et que tu m'as battu. Et tu n'iras nulle part. Sauf peut-être en prison.

Son regard brillait d'une lueur perfide. L'homme-oiseau le considéra avec méfiance, surpris de se faire manipuler ainsi par un enfant. Après tout, qu'il monte avec lui ou non dans l'hélicoptère ne changeait pas grand-chose ; il pourrait toujours se débarrasser de ce garçon encombrant une fois parvenu sur la Basse-Côte-Nord.

— Tu peux venir avec moi, articula-t-il au bout d'un moment. Mais je ne veux pas avoir à le regretter une seule fois. Et tu vas te laver mieux que ça.

Le cambion lui adressa un sourire sournois. Il clama :

— Mon nom, c'est Éthan. Ne l'oublie pas.

Las, l'homme-oiseau examina les monts façonnés par la météorite. Il s'arma de courage et traversa la route 389, Éthan derrière lui.

3

Dans les échancrures de la baie

Avant de gagner le Refuge du prospecteur, l'homme-oiseau avait réussi à démêler les cheveux encrassés de boue de l'enfant pendant que le cambion se nettoyait dans l'astroblème. Puis il avait enfilé à Éthan la combinaison de rechange, trop grande, qu'il avait apportée dans ses bagages. Après qu'ils eurent marché un kilomètre et demi sur une route de gravier, la pourvoirie s'était révélée, coquette, avec sa demi-douzaine de chalets aux toits en pente et en bois brun-beige, disposés en arc de cercle face au réservoir Manicouagan. Les monts Groulx, d'un bleu pâle presque laiteux, les entouraient de leurs sommets piquetés de conifères. Le chien de la pourvoirie, une grande bête au pelage ocre et aux pattes musclées, les avait accueillis avec enthousiasme. Puis Maïk s'était approché du chalet loué par le propriétaire de l'hélicoptère, un chasseur vêtu d'habits kaki et d'une casquette assortie. L'homme-oiseau lui avait montré les pierres rutilantes qu'il avait pris soin d'apporter avec lui, une partie du fruit des cueillettes de ses ancêtres sur les massifs. En voyant les joyaux dans l'étoffe élimée, les yeux du pilote, visiblement un connaisseur, s'étaient agrandis. Le sexagénaire s'était ainsi laissé convaincre de les conduire jusqu'à Tête-à-la-Baleine en échange de quelques pierres.

Quand ils furent parvenus à destination, les pales de l'hélicoptère tournoyèrent plus lentement et, par la fenêtre de la cabine, Maïk distingua, taraudé par le vertige, le village de Tête-à-la-Baleine qui se déroulait dans les échancrures de la baie. Sur le banc de gauche, Éthan se trémoussait dans sa combinaison trop longue. Les bandes verticales d'une couleur charbonneuse qui zébraient le tissu brunâtre se tendaient sur ses chairs flasques. Incapable de rester en place, le garçon gigotait, agitant sa grosse tête lunaire. Plusieurs mèches se hérissaient encore au-dessus de son large front.

L'enfant grommela en desserrant les poings. Au fond de ses paumes, ses ongles avaient creusé des stries profondes qui hachuraient sa peau hâlée. Maïk résista à l'envie d'enlever son gant pour examiner les vaisseaux sanguins qui se ramifiaient sous la chair diaphane de sa main. Il frotta plutôt son front douloureux en réprimant un étourdissement mêlé de fatigue. Était-ce le vertige ou la mutation qu'il subissait qui l'épuisait à ce point ?

Dans un soubresaut, les patins de l'hélicoptère se posèrent sur la piste d'atterrissage presque au centre du village. L'homme-oiseau poussa un soupir de soulagement. Le pilote pivota vers ses passagers, à qui il adressa un simulacre de sourire. Avec un signe de tête, Maïk répondit, usant du peu d'énergie qui lui restait :

— Merci de nous avoir emmenés jusqu'ici.

Éthan tendit les bras vers la portière, pressé de descendre. Le pilote déverrouilla l'ouverture, puis désengagea la ceinture de sécurité qui retenait l'enfant. Le cambion bondit sur les lattes en bois de la piste, à demi construite dans une coulée. Autour de la plateforme surélevée, des arbres de taille modeste jalonnaient le terrain en pente, face à la baie morcelée d'îlots. Éthan s'approcha d'une épinette dont il cassa quelques branches, un sourire satisfait sur le visage.

Après avoir salué le pilote, Maïk se mit en mouvement. Ses jambes flageolèrent sur la piste de l'héliport, comme s'il était ballotté par la houle. L'homme-oiseau se ressaisit. La consistance de l'air, à la fois dense et abondant, le surprit. Et les sonorités produites par le vent, subtiles mais alambiquées, étaient fort différentes de celles qu'il avait l'habitude d'écouter sur les éminences. À présent qu'il se trouvait loin des monts Groulx, il se sentait moins oppressé par le vertige, bercé par les chants de la brise. Il expira profondément.

L'hélicoptère décolla derrière lui alors que Maïk s'éloignait de la piste ceinte d'une clôture en barbelés rouillés. Il dépassa le CLSC érigé à ses côtés. Éthan courait sur la voie de circulation en gravier bordée de maisonnettes en lançant des cailloux sur les façades et sur les voitures stationnées. Des barrières blanches encadraient les pelouses. En contrebas, Maïk avisa un panneau de la route 138. Pourtant, Tête-à-la-Baleine n'était relié à aucun réseau routier, sinon aux quelques dizaines de kilomètres qui constituaient le village.

En traversant les rues désertes, l'homme-oiseau songea à l'existence des villageois, qui, comme Irmine le lui avait raconté, étaient approvisionnés hebdomadairement par un cargo-passager. Maïk se surprit à apprécier l'atmosphère intemporelle, cette sensation, comme au faîte des monts, d'être hors d'atteinte. Il dormirait sans peine ici, en sûreté comme lorsque son père vigile, les yeux plissés à la manière de ceux d'un rapace, vérifiait que les monts étaient exempts de menaces.

Les paupières lourdes, il chercha Éthan du regard. Le cambion s'était immobilisé devant une maison au revêtement bleu vif. Un peu de salive perlait à la commissure de ses lèvres charnues.

— Le mal est tout près, murmura-t-il en reprenant son souffle. Tellement près. Un sentiment de vengeance puissant.

— Un sentiment de vengeance ? balbutia Maïk.

— Oui. Ma place est là-bas. Près d'elle et de lui. Je dois y aller.

Ses mains glissèrent sur sa taille, où les bourrelets tremblaient au rythme de sa respiration sifflante.

Dubitatif, l'homme-oiseau chemina entre les bungalows en se remémorant les lectures de sa tante qui avaient bercé son enfance et le début de son adolescence. Ce qu'elle appelait une auberge devait bien se trouver quelque part. Éthan pressa le pas en apercevant une petite église en bois blanc. Ses traits se tordirent en une grimace tandis qu'il jurait. L'un à la suite de l'autre, ils s'engagèrent sur un pont, près de l'épicerie du village. Une camionnette rouge maculée de boue les dépassa et s'enfonça sur la jetée qui se déroulait jusqu'au quai. Maïk étouffa un bâillement.

Éthan lança une grosse poignée de cailloux en direction du véhicule. Il renifla bruyamment avant de cracher sur le sol.

— Je sens un palais d'où émane le ressentiment, énonça-t-il. Un escalier interminable entouré de fresques vengeresses. Et je vois une femme immobile. Elle ressemble à une sirène. Il y a un vieillard, tout près. Un homme qui détient beaucoup de savoirs. Nayati qu'il s'appelle.

Maïk fronça les sourcils.

— Tu ne pouvais pas me le dire avant, que tu le connaissais ?

Les yeux du cambion luisirent d'un éclat sournois.

— J'aurais pu. Mais c'était plus prudent d'attendre que tu m'amènes ici. De toute façon, tu verras, nous trouverons tous les deux ce que nous cherchons au palais de Nerrivik.

— Au palais de Nerrivik ?

L'enfant n'ajouta rien et lui adressa un sourire candide. Perplexe, Maïk replaça ses verres fumés sur son nez, un peu incommodé par ses gants. Quelques brindilles de paille fuirent de sa chevelure dissimulée sous le capuchon, tombèrent devant ses yeux fatigués.

Les vagues enflèrent autour de la jetée, escortées par la symphonie imprévisible du vent, ses sifflements éthérés qui s'effilaient vers le large. Alangui par les bourrasques, l'homme-oiseau ferma un instant les paupières.

Quand il les rouvrit, Éthan était accroupi près des rochers qui protégeaient la rive des rigueurs du golfe. La tête inclinée vers la surface miroitante, le cambion lapait l'eau saline, qui dégoulina sur son menton. Maïk s'approcha lourdement. Des algues ondoyaient en un ballet tortueux. Un amas de varech, emmêlé comme un filet de pêche aux mailles usées, se tendit à proximité de l'enfant. Les plantes aquatiques se délièrent, s'entortillèrent autour du poignet gauche d'Éthan. Avec un bruit humide, l'amoncellement tenta de le tirer vers le large.

Le cambion se braqua, planta ses dents dans les tiges gorgées d'eau saline, qui se rompirent en l'éclaboussant. Maïk écarquilla les yeux, dérouté par ce qui venait de se passer. Les végétaux avaient-ils bel et bien essayé d'entraîner Éthan dans les eaux du golfe ? Passablement contrarié, l'enfant revint vers l'homme-oiseau. Au passage, il écrasa une grenouille sous sa botte en s'appliquant à en faire jaillir les organes.

— Mais pourquoi as-tu fait ça ? lui demanda Maïk d'une voix traînante. Tu n'avais pas besoin de la tuer.

— Je fais ce que je veux, quand je veux. Mais tu as besoin de moi comme j'ai besoin de toi. Nous irons dans l'archipel ensemble. Je n'ai pas le choix d'y aller avec toi. Elle ne veut pas de moi seulement. Tu vas me faire entrer. Sauf que tu as encore plus besoin de moi que j'ai besoin de toi. Regarde.

Éthan pressa ses mains moites sur le poignet blessé de l'homme-oiseau.

— Enlève ton gant, murmura l'enfant.

Maïk hésita, mais s'exécuta. Les veines cobalt bourgeonnaient sous son épiderme. De l'une des coupures s'échappait, par jets, un liquide aux effluves maritimes. Il vit le cambion se concentrer. Il cria de surprise. Ses vaisseaux sanguins avaient repris une teinte pourpre, la peau retrouvant sa texture originale. Il massa son membre redevenu intact.

— Pourquoi tu ne l'as pas fait avant? demanda-t-il après un instant.

— Parce que.

Le nez tendu, Éthan pivota vers la rue, où un petit chien blanc les observait avec intérêt. L'enfant leva ensuite la tête en direction des montagnes qui surplombaient le village, en murmurant le nom de Peshu.

— Lui aussi, il était près d'ici. Il était devenu avide après ses morts successives. Maintenant, il est dans le palais, avec les autres. Il faut aller à Nerrivik le plus vite possible. Sept ans, je vais avoir sept ans…

Maïk acquiesça mollement même s'il ne comprenait rien à ce que disait l'enfant.

— Tu n'auras pas sept ans cette nuit. Et je suis trop fatigué pour y aller tout de suite. J'irai demain matin. Je vais dormir à l'auberge du village avant. Mais tu peux aller dans l'archipel tout seul si tu veux. Je ne te retiens pas.

Le garçon jura. Ses traits adoptèrent un aspect plus porcin. Il s'efforça de répondre poliment :

— Comme tu veux. Tant que je t'accompagne là-bas.

D'un pas traînant, Maïk reprit son avancée, suivi des yeux par le petit chien. Éthan lui donna un coup de pied dans les côtes et l'animal s'enfuit avec un couinement. Au loin, le soleil abaissait ses teintes safranées sur les récifs dénudés. Maïk enleva ses gants et massa de nouveau la peau de son poignet, si lisse qu'elle lui paraissait irréelle. Puis il aperçut l'enseigne qu'il cherchait.

Mémoires de Maïk, fils de Mitiling
21 septembre

Après quelques heures de sommeil, je me suis réveillé en nage. Éthan ronflait dans l'un des lits de la chambre. Je ne sais trop que penser de cet enfant. Demain, je partirai pour l'archipel, afin d'honorer la mémoire des miens. Et de ma chère Irmine. Je n'arrive pas à croire qu'elle creuse en ce moment même sa tombe, si elle n'est pas déjà morte d'épuisement. C'est pour elle, et pour perpétuer le souvenir des hommes-oiseaux, que je m'applique à poursuivre le journal de ma mère depuis des années. Si seulement Cassandre était encore là, si elle m'avait vu grandir, tempérant de temps à autre la rigueur de mon père!

Je n'oublierai jamais les ultimes instants de Bazille, l'avant-dernier homme-oiseau adulte de notre clan. À l'époque, j'avais dix-sept ans, et nous étions quatre à vivre dans l'arche. Bazille avait longtemps été, par dépit, l'amant d'Irmine, à qui il portait un intérêt essentiellement amical. Mitiling l'avait convaincu qu'à force de persévérance et de sacrifices nous saurions infléchir le mauvais sort. Mais le chasseur avait fini par se lasser. Un jour d'août, vêtu d'une combinaison à capuchon qui voilait ses cheveux en brindilles tressées, il avait fait la connaissance d'une randonneuse. Archéologue en congé sabbatique, la jeune femme, prénommée Cynthia, avait été saisie par les ruines de notre ancienne civilisation. D'abord perplexe, puis fascinée par nos réalisations, elle était restée de longues semaines à examiner les décombres et le cimetière du massif, sa tente dressée au sommet du mont Provencher.

À l'insu de mon père, Bazille était allé la revoir, toujours déguisé de la tête aux pieds. Elle ne s'était pas laissé berner, mais ne l'avait pas repoussé. Au contraire, subjuguée, elle s'était installée quelques jours après dans son nid. Mais le vertige avait alors assailli le chasseur. Mitiling avait déclaré qu'il s'agissait d'une punition des dieux de l'orage. Ma grand-tante avait affronté mon père, ulcérée par son intolérance. Elle avait à tout le moins réussi à obtenir un sursis aux amants.

Cynthia et Bazille s'étaient retirés dans une solitude feutrée. Leur exil était de temps à autre troublé par les brèves visites d'Irmine, qui les ravitaillait. Parfois, je l'accompagnais jusqu'au seuil de la cabane rivée à la rocaille, pendant que mon père allait capturer des nids de guêpes en contrebas. Une fois, j'étais allé leur porter seul un panier, dans lequel un bocal de lombrics jouxtait des pommes d'api. J'avais interrompu mes sifflements, inquiété par un bruit suspect, semblable aux bourrasques qui fustigent les toiles de plastique tailladées. Je m'étais précipité à l'intérieur de l'habitation.

Un trou d'une taille considérable en perçait le sol. Je m'étais approché avec prudence, gagné par la curiosité. Une dizaine de mètres plus bas, Cynthia et Bazille étaient suspendus dans le vide à l'aide de cordes tendues, les yeux de l'homme-oiseau dissimulés par un bandeau. Les liens rougissaient leur peau nue. La jeune femme était assise à califourchon sur son amant. Les mains de l'archéologue prenaient appui sur le torse de Bazille, dont je distinguais les muscles fins. Cynthia, qui ne m'avait pas encore aperçu, poursuivait ses va-et-vient. Puis elle avait extrait le sexe luisant de son amant du sien et l'avait longuement caressé. Incapable de détourner le regard du membre de Bazille, j'étais demeuré au bord de la fosse, le sexe raidi dans ma combinaison. Ma paume s'était posée sur mon pénis gonflé, que j'avais commencé à masser à travers le tissu revêche.

À ce moment, mon père avait surgi. Cynthia avait crié tandis que je suivais Mitiling à regret.

La dernière fois que j'ai vu la jeune archéologue au sommet du mont Provencher, ses vêtements étaient souillés de sang. Avec des phrases hachurées, elle m'avait raconté que le vertige avait fait perdre l'esprit à Bazille. Il s'était mis en tête qu'en se râpant la plante des pieds, puis en se coupant les chevilles, il pourrait supporter le poids de la gravité. Il s'était mutilé près d'un brasier, puis avait colmaté ses plaies dans les flammes impétueuses. Cynthia avait essayé de l'en empêcher. Furieux, le chasseur l'avait blessée à l'épaule à l'aide d'une hache. Elle gardait comme dernière image la vision de Bazille en train de ramper en *direction d'un escarpement, les jambes amputées jusqu'aux genoux. Elle avait pleuré en me disant que notre sort était injuste. Que l'un de nous devrait faire quelque chose bientôt pour contrer la malédiction des hommes-oiseaux. Elle m'avait regardé avec espérance. Je ne l'ai jamais revue ensuite. Avait-elle aussi terminé prématurément son existence dans la maison haut perchée, violée par Mitiling, son ventre déchiré par un œuf stérile ?*

C'est à ses yeux suppliants que je pense ce soir, alors que j'ai finalement rallié la Basse-Côte-Nord. Au destin qui a décidé que ce serait à moi de jouer le dernier acte.

4

Les fresques vengeresses

La chaloupe à moteur accosta sur la berge de l'île du Chat, constellée de gravats. Éthan en descendit à la hâte. Maïk sourcilla devant l'empressement de l'enfant.

L'homme-oiseau frotta son front endolori, encore un peu incommodé par le vertige. Il amarra l'embarcation, dérobée un peu plus tôt sur le quai du village par Éthan. L'enfant et lui avaient navigué au jugé sur les flots houleux et imprévisibles. À plusieurs reprises, des algues aux filaments déliés avaient tenté d'agripper le cambion. Les plantes hérissées s'incurvaient comme des crochets pour essayer d'entraîner le garçon dans les profondeurs. Éthan s'était étendu en jurant au fond de la chaloupe. Patiemment, Maïk avait frappé l'amas de varech à l'aide d'une rame, jusqu'à ce qu'il endommage les excroissances humides. Elles avaient fini par se déchirer dans un froissement poisseux.

Méfiant, l'homme-oiseau avança entre les algues engorgées de la grève. Des vessies emplies de gaz et d'eau éclataient sous ses semelles. Il ramassa au passage une roche plus brillante que les autres, la glissa sans réfléchir dans son sac. Il releva ensuite la tête vers la crête de l'île du Chat, scindée en son centre par une crevasse verticale. De la vapeur s'en évadait par torsades. Maïk sentit la température se refroidir légèrement, le chant du vent devenir chuchotement. Il frissonna en resserrant les cordons de son capuchon autour de son visage. Des brindilles churent de nouveau de sa chevelure en paille tressée. Il entendit Éthan crier :

— Dépêche-toi !

L'enfant l'attendait au milieu de l'île en humant les émanations avec fébrilité. L'impatience raidissait ses traits boudinés. Une série de tics agitaient ses paupières. Maïk perçut à ce moment une présence et se figea, incertain. Le cambion, au contraire, bondit en avant. Un vieil homme apparut, une peau d'ours jetée sur ses vêtements de pêcheur. Un oiseau de proie était juché sur son épaule gauche. Une demi-douzaine de tubes étroits transperçaient le crâne du rapace, qui accorda un regard suspicieux à l'homme-oiseau et à l'enfant obèse.

Le vieillard considéra Maïk avec bienveillance. Puis ses traits se contractèrent quand il se tourna vers Éthan. L'enfant-diable lui dédia un sourire charmeur en continuant de se dandiner. L'homme s'avança de plus belle et tendit sa main desséchée à Maïk. Sur la peau parcheminée, des tatouages-fossiles étalaient leurs sillons et trouaient son poignet presque de part en part. De la poudre semblable à du sable voltigea dans les airs.

— Je suis Nayati, le père de la maîtresse des animaux marins.

Maïk se racla la gorge, un peu déconfit.

— Et moi Maïk. J'ai reçu votre message. J'espère trouver ici un remède au vertige qui a décimé mon clan. Et qui m'a assailli à mon tour. Il ne reste plus que moi dans l'hinterland…

— Tes maux cesseront au palais. Si tu veux bien me suivre…

Éthan se précipita à la suite du vieil homme, qui l'arrêta.

— Qui est cet enfant? demanda-t-il à Maïk. Nous pensions que tu viendrais seul.

— C'est Éthan. Il dit qu'il est spécial, qu'il est un cambion. Que ses parents l'ont abandonné près de l'astroblème de Manicouagan. Il voulait à tout prix me suivre ici.

— Je crains qu'il ne soit pas le bienvenu à Nerrivik. Mais ce n'est pas à moi de statuer sur sa présence: ma fille décidera de son sort.

Le cambion tendit la main vers le rapace comme s'il voulait lui arracher une plume. Le bec de la buse s'abaissa promptement sur ses doigts. Éthan poussa un cri strident.

— Olof, gronda Nayati, sois moins sauvage envers les étrangers!

Puis il ajouta à l'intention de Maïk:

— Olof était l'oiseau de ma petite-fille, Sora. Sa buse et elle étaient inséparables. Alors, quand Olof est mort de vieillesse, je l'ai fait renaître dans la serre. Il suffit d'extraire de temps à autre la vermine à l'aide des tubes dans son crâne pour qu'il demeure à peu près intact. Enfin… L'entrée est par ici.

Maïk resta coi. Nayati désignait un amas de glace durci, incongru en ce mois de septembre, même sous cette latitude. Les paumes tendues en direction de l'amoncellement, le vieil homme marmonna des paroles que ne comprit pas l'homme-oiseau. L'eau gelée commença cependant à fondre avec moult crépitements. Peu à peu, un passage se creusa dans la glace. Éthan s'y engouffra sans attendre. Nayati fit signe à Maïk de le suivre. L'homme-oiseau hésita, puis se glissa dans la faille, accompagné par le vieillard. Plus bas, un escalier circulaire, aux marches transparentes, sinuait vers les profondeurs. L'air devenait plus frais tandis qu'ils descendaient la spirale. Au fur et à mesure qu'il s'enfonçait dans le gouffre foré sous l'archipel, le vertige de Maïk décroissait. La lumière se faisant plus faible, il se décida à enlever ses lunettes. Le vieil homme haussa la voix derrière lui.

— Ma fille appelle ce lieu Nerrivik. Elle y vit depuis le drame. Il y a des siècles, j'ai eu le malheur d'offrir Sedna, sans le savoir, en mariage à un homme-oiseau.

— Et les hommes-oiseaux ont abusé d'elle de toutes les manières pendant des semaines dans la maison haut perchée, poursuivit Éthan d'un ton insolent, en mimant un accouplement avec ses mains. Tant sous sa forme féminine que sous sa forme masculine. Ils en ont fait leur esclave. Et ils avaient bien raison ! Tu es ensuite venu à son secours, vieil homme, en cométique et en bateau. Mais tu as eu peur quand les hommes-oiseaux ont entouré ton embarcation. Et tu as tranché les bras de ton enfant qui essayait de s'agripper à la barque.

— Comment sais-tu cela ? questionna Nayati, les sourcils froncés. Qui es-tu exactement ?

— Je *sens* les choses. Tout comme je sens que ma place est ici, au palais. La maîtresse a besoin de moi. Une amertume si alléchante se dégage de cet endroit.

Éthan essuya la salive qui perlait à la commissure de ses lèvres. Maïk, perplexe, poursuivit sa descente dans l'escalier aux marches transparentes. Graduellement, les voûtes devenaient plus gelées. Sur les murs, des excroissances esquissaient des panaches de glace qui transperçaient les parois de structures horizontales. Quelques mètres plus bas, des formes colorées s'alliaient aux cloisons de givre.

Maïk poussa un cri lorsqu'il distingua une silhouette humaine, perforée de part et d'autre par des glaçons affûtés. La femme d'une soixantaine d'années, au corps large, dont les cheveux courts et ébouriffés surmontaient un visage aux traits bleus, affichait une expression d'effroi. Sa robe de chanvre et son tablier étaient entaillés, les lacérations dévoilant des blessures importantes. Des fioles étaient répandues autour d'elle.

— Ce sont les fresques vengeresses, précisa Nayati d'une voix calme. Elles ont figé pour l'éternité les indignes dans leur culpabilité, alors que les autres défunts reposent dans la nécropole aquatique. Ici se trouvent ceux qui ont désobéi à Sedna. Voici Hypoline, l'apothicaire. Elle devait permettre à l'enfant de ma fille de naître en couvant son œuf.

Les yeux de Maïk s'écarquillèrent. Le vieil homme poursuivit, d'un ton empreint de lassitude :

— Mais Hypoline s'est rebellée. Elle a tout gâché en n'accomplissant pas son devoir. Par sa faute, ma petite-fille Sora est née sans bras. Heureusement, elle avait Olof.

L'oiseau de proie cria en entendant son nom. Il ne lâchait pas du regard la fresque d'Hypoline, intéressé par l'une de ses mains qui perçait la glace. Éthan se plaqua contre la silhouette figée, les paupières fermées, son nez frémissant comme s'il inspirait l'épouvante qui en jaillissait.

L'homme-oiseau s'appuya sur la rampe en coquillages, dont Éthan avait arraché des fragments au fur et à mesure de sa descente, s'en servant pour lacérer les parois. À droite de Maïk, une femme sans bras était cristallisée dans un écrin de glace, étendue sur le dos en une posture langoureuse. Des dizaines de cierges éteints l'entouraient. Ses cheveux auburn nattés ployaient sur son torse ouvert, dont les boyaux et les intestins émergeaient, enroulés autour d'elle comme des tentacules. Des anguilles étaient pétrifiées à ses côtés, aspergées de sang et de liquide amniotique.

— Elle, c'était Taliana, mon ancienne domestique. Elle vivait sur l'île Kanty dans les années 1870, à la même époque qu'Hypoline. Et que Wilmard, celui qu'aimait tant ma petite-fille Sora. Mais Taliana n'était pas docile. Et beaucoup trop orgueilleuse et avide de pouvoir pour être une bonne servante à Nerrivik. J'en avais averti mon enfant, qui avait refusé de m'écouter. Au surlendemain de la cérémonie d'immersion, Taliana avait pris place sur le trône du palais pour s'amuser. Elle disait que c'était elle, la déesse des animaux marins, que ce n'était pas un hasard si son nom était presque identique à Talilaayu, l'une des appellations de Sedna. Elle a été punie. Par les enfants-anguilles qu'elle portait. Ils ont percé prématurément sa matrice…

Maïk se frotta les tempes, confus, pendant qu'Éthan commençait à laper avec application la glace de la fresque de Taliana, en poussant des grognements salaces. L'homme-oiseau se demanda de quelle manière il pouvait intervenir dans ce ressentiment qui jalonnait les siècles. De quelle façon, en tant qu'ultime survivant de son peuple, il pourrait se positionner par rapport aux actes répréhensibles qu'avaient commis les siens en des temps anciens. Sourd à ses tourments, Nayati enchaîna, en désignant une nouvelle fresque vengeresse :

— Voici justement Wilmard. Il est ici parce que je l'ai souhaité. Auprès des restes de Sora.

Maïk s'attarda sur le personnage. Dans la paroi pétrifiée, un homme à la gorge sectionnée et à la tête percée de tubes était assis sur une chaise en bois, vêtu d'habits brunis par le sang, à la mode des siècles passés. Un tas de cendres s'étalait à ses pieds, disposé avec un soin évident.

— Ces cendres sont tout ce que j'ai réussi à retrouver de Sora. Elle aurait voulu être auprès de Wilmard. De son Peshu. Et aussi près de sa mère, qu'elle n'avait jamais pu approcher auparavant. C'est pourquoi elle est ici, parmi les traîtres des fresques.

Une larme se figea au coin de l'un des yeux du vieil homme. Nayati la tamponna avec un pan de sa peau d'ours.

— Oui, c'est ce que Sora aurait voulu, grommela-t-il comme s'il se parlait à lui-même. J'en suis certain. Être auprès de son amoureux à jamais. Comme quoi il n'y a pas que la vengeance qui subsiste en ces lieux. Il est temps que les choses changent.

Le vieil homme observa Maïk avec une expression résolue.

— C'est pourquoi tu es ici.

— Oui, répondit l'homme-oiseau après quelques secondes d'hésitation. Même si je ne sais pas ce que je dois faire exactement. Mais je n'ai plus rien à perdre, désormais.

— Ma fille te dira ce qu'elle attend de toi. Entends-tu sa voix ?

Maïk tendit l'oreille. À ses côtés, Éthan tordit les lèvres en un rictus gourmand en se frottant contre la fresque. Des remous se hissaient des profondeurs et tourbillonnaient dans les souterrains, semblables à un vent d'automne que l'on aurait capitonné dans une salle close. L'homme-oiseau considéra l'escalier circulaire devant lui. Il continua à avancer sur les marches transparentes, flanqué de Nayati et de l'enfant-diable.

5

Entre les débris d'impactites

Maïk réajusta ses gants de cuir, les mains engourdies par le froid. Il avait l'impression de cheminer dans l'escalier circulaire depuis plus d'une heure. Heureusement, le vertige s'émoussait peu à peu tandis qu'il progressait, remplacé par une vague sensation d'oppression à la poitrine.

Il frémit en regardant les ossuaires figés qui jaillissaient des formations de glace. Et si un tel sort le guettait ? Les fresques, de plus en plus distantes les unes des autres, paraissaient plus anciennes au fur et à mesure de la descente. Une épaisse couche de liquide durci cuirassait leurs occupants, vêtus de peaux tannées et de kamiks.

Les remous s'accentuèrent. Aux aguets, le jeune homme surveillait Éthan qui le précédait, plus impatient que jamais. Le cambion se cramponnait à la rampe de coquillages, qu'il ne pouvait s'empêcher de saccager, sourd aux remontrances de Nayati. La glace grésillait sous ses pas en produisant une fine buée alors qu'il grommelait :

— Sept ans, il faut que j'arrive avant mes sept ans…

L'homme-oiseau se retourna vers Nayati, qui avançait d'une démarche traînante, les traits tendus par l'appréhension. Olof somnolait sur son épaule gauche. Des gouttelettes échappées du plafond heurtèrent le visage de Maïk. Le jeune homme s'arrêta, le temps de s'essuyer avec la manche de sa combinaison.

Nayati rejoignit l'homme-oiseau, sa paume plaquée sur sa bouche. Une quinte de toux secoua brutalement le thorax du vieil homme alors que sa main gauche s'agrippait à la rampe comme à un cordage en haute montagne. Maïk plaça son bras sous le sien afin de l'aider à marcher. Le vertige se résorba presque entièrement, arrachant à l'homme-oiseau un gémissement de délivrance.

Sur l'épaule de Nayati, la buse s'ébroua avant de déployer ses ailes tachetées. Quelques plumes se détachèrent au passage. Maïk les suivit du regard tandis qu'Olof allait se nicher dans l'une des aspérités des parois, qu'il picora avec application. Les tubes qui hérissaient son crâne bougeaient au gré de ses mouvements syncopés.

— Arrêtez de me ralentir ! leur cria l'enfant, plusieurs marches plus bas. Je dois arriver le plus tôt possible à la guérite.

— À la guérite ? demanda Maïk, le front plissé par l'incompréhension.

— C'est ainsi que ma fille nomme sa clinique des naissances. Nous ne sommes plus qu'à quelques pas de…

Un bruit d'avalanche couvrit la fin de sa phrase. L'homme-oiseau se pressa contre l'une des fresques vengeresses. Un harpon bruni de sang qui transperçait la pellicule pétrifiée lui rappela le cruel bâton de vigile de Mitiling.

Une dizaine de mètres plus bas, entre deux excroissances de glace affûtées, Maïk distingua une ouverture hélicoïdale, ceinte d'un arc en pierres de taille. Olof s'envola et rasa les cheveux du cambion, qu'il tenta d'agripper entre ses serres avec un cri rauque. Éthan se baissa juste à temps, avant de cracher en direction de l'oiseau, qui se faufila de biais dans l'entrée. À quatre pattes, l'enfant-diable gagna l'accès en jetant des coups d'œil dans les hauteurs.

Le jeune homme le suivit, les yeux plissés à cause du miroitement des murs. La lumière de la pièce, éclairée par de courts et larges lampadaires, se reflétait sur ses parois de cristal. Il résista à l'envie de remettre ses lunettes fumées. Il perçut un froissement de tissu et vit une femme aux cheveux noirs bouclés encadrant un visage banal, à l'exception de ses lèvres peintes en violet. Elle s'approcha de lui, assise dans un fauteuil mécanisé, dont les roues ressemblaient aux patins d'un traîneau. À la place des jambes, une nageoire écailleuse lui montait jusqu'au bas-ventre. À travers les squames opalescentes, Maïk distingua le vestige des membres d'origine, qui avaient fusionné. L'homme-oiseau se figea, interdit. À l'aide de ses bras luisants, constitués de racines tressées et de métal, la nouvelle arrivante manœuvrait son fauteuil. Plusieurs rhizomes de formes serpentines y étaient accrochés, certains cascadant sur le plancher. Nayati rejoignit la femme-poisson.

— Voici Adalie, mon ancienne domestique de l'île Kanty. Et l'une des servantes les plus dévouées de la maîtresse. Elle est au palais depuis un siècle et demi, où elle travaille surtout dans la guérite.

Les yeux de Maïk s'écarquillèrent, un fragment de coquille chutant de ses sourcils.

— Un siècle et demi ?

— C'est la rancœur de la maîtresse qui la tient en vie, clama Éthan. Et la science du vieillard. Il y a ici tant de choses intéressantes pour prolonger l'existence.

Les paumes tendues, le cambion s'élança vers le fond de la pièce, devant le regard circonspect de Maïk. Des bassins se détachaient près de tentures sombres. Plusieurs ruisseaux entaillaient le sol en entrelacs épars. Des têtards cuirassés d'une chitine épaisse y frétillaient. Patiemment, Olof se positionna à côté d'une faille dans la glace, prêt à capturer l'un des embryons dans son bec.

Maïk fit quelques pas incertains dans la salle aux murs tapissés de coquilles d'œufs. Près de l'entrée se devinait un lit d'examen pourvu d'étriers et d'une couche en duvet. À l'intérieur d'un immense bassin, une baleine nouvellement mère nageait aux côtés de son petit, à demi dissimulé dans l'ombre de son ventre. L'homme-oiseau s'immobilisa devant le lit d'examen.

— C'est ici qu'Hypoline devait *couver* l'œuf de ma petite-fille, expliqua Nayati. Vous savez, cette traîtresse que nous avons vue plus tôt dans l'une des fresques. Elle aurait pu mettre fin à une partie de nos tourments en 1873. Mais nous devions encore attendre des années…

Adalie hocha la tête, résignée, une moue sur ses lèvres violettes. Maïk la considéra avec prudence. Son fauteuil s'arrêta devant lui et elle dit :

— Heureusement, tu es enfin ici. Je vais te préparer à rencontrer celle qui nous gouverne.

— Et moi aussi, affirma l'enfant-diable en sautillant sur place.

— Toi, je doute qu'elle veuille t'accueillir. Ton arrivée n'était pas prévue. La maîtresse décidera ce qu'elle fera de toi.

— Il faut qu'elle me reçoive, minauda Éthan. J'ai fait tout ce chemin pour honorer la puissance de sa vengeance. Une vengeance si colossale. Elle ne peut que me permettre d'en absorber une partie.

Le cambion salivait abondamment. Ses traits s'étaient figés en une expression si implorante qu'il en devenait touchant.

— Sedna décidera, répéta Adalie. Mais en attendant, l'homme-oiseau devra se baigner entre les débris d'impactites. Ainsi, la maîtresse pourra le recevoir.

Maïk tressaillit. Que voulait-elle dire par *se baigner entre les débris d'impactites*? Sans prévenir, Nayati saisit les épaules de l'homme-oiseau. Adalie se pencha dans son fauteuil et attrapa les jambes de Maïk. L'homme-oiseau se débattit sous la poigne de leurs doigts mouillés et parvint à s'écarter un instant de ses assaillants. Mais des filaments d'algues se soulevèrent des ruisseaux et le ficelèrent de leurs mailles étouffantes.

— Ne crains rien, le rassura Nayati.

Le cœur battant, Maïk fut traîné par l'amas de varech jusqu'à un bassin d'un blanc vif, semblable à une dent creuse. Là, sous le regard méprisant d'Éthan, une eau tiède s'infiltra dans sa combinaison et monta à sa taille. Maïk lutta avec énergie

pour tenter de s'échapper, en maintenant son sac à
dos à bout de bras. Il implora de plus belle Nayati
et Adalie de le sortir du bassin. Mais le père de
Sedna secoua la tête.

— Ne crains rien, répétait-il avec calme. Ce n'est
que temporaire.

Il activa une commande enchâssée dans la paroi.
La prison de Maïk fut scellée d'une coupole transparente percée de trous d'aération. L'homme-oiseau
jura. Les mailles du filet se relâchèrent, avant de se
désagréger dans le liquide. De sa main libre, Maïk
frappa la muraille étanche jusqu'à en avoir le
poing endolori.

À travers la vitre bombée, il voyait Adalie et
Nayati. Ceux-ci discutaient à grands gestes. Éthan
était debout entre eux. Sa tête surdimensionnée
dodelinait. À gauche de la servante, un autre bassin
s'allongeait, occupé par une baleine à bec au ventre
ouvert. En plissant les yeux, Maïk distingua une
cabine métallique à la hauteur de l'abdomen de
l'animal. Il détourna le regard, stupéfait. Ses pensées s'empêtraient : était-il possible que le mal de
l'altitude puisse l'affecter jusque dans les profondeurs ?

Toujours en pleine discussion, Adalie et Nayati
toisaient Éthan, qui trépignait de plus belle, une
expression insolente sur ses traits porcins. Peu à
peu, Maïk s'aperçut que le niveau de l'eau de sa
prison baissait de manière régulière, centimètre par
centimètre. La portion supérieure d'une corniche
émergea du liquide. Il y déposa son sac. Non sans
soulagement, il constata que le contenu de ses bagages était intact. Il ouvrit une bouteille de jus de

plaquebière, qu'il avala à grandes rasades, l'accompagnant de quelques bouchées d'une galette de frelons. L'homme-oiseau extirpa ensuite du compartiment central le journal de sa mère, qu'il pressa contre sa poitrine, heureux de retrouver le cahier. Peut-être n'aurait-il jamais dû descendre jusqu'ici. S'éteindre dans les hauteurs comme les siens et forer avec sa pauvre grand-tante un passage dans les entrailles du mont Provencher. Il expira bruyamment. Sans doute sa mère l'aurait-elle encouragé à gagner l'archipel, citant en exemple ses expéditions aventureuses dans les monts Torngat. Elle avait même exploré les méandres de grottes sur la côte du Labrador. Il n'était pas impossible qu'il soit descendu plus bas qu'elle ne l'avait jamais fait. Le cœur serré, Maïk embrassa la couverture de cuir du cahier, de l'eau à la hauteur de la taille.

Brusquement, des secousses ébranlèrent sa prison. Les remous, furieux, se multiplièrent à la surface de l'eau, comme le vent rugit avec fracas au centre de l'orage. Désespérément, l'homme-oiseau se cramponna à la corniche tandis qu'il sentait sa conscience s'effilocher.

6

En échange de ma haine

Étourdi, Maïk réussit à grimper sur la corniche, à présent entièrement émergée. Son estomac gronda, comme s'il n'avait rien avalé depuis des jours. Il avait l'impression que plusieurs heures venaient de se dérober, de se fondre dans l'oubli cotonneux de l'amnésie. Désorienté, l'homme-oiseau s'appuya sur la vitre bombée. La scène n'avait presque pas changé dans la guérite. Les jambes flageolantes, toujours debout entre Adalie et Nayati, le cambion se frottait le front et les paupières avec frénésie, cherchant visiblement à reprendre ses esprits.

Maïk sonda une nouvelle fois sa prison étroite. Ses poings en martelèrent les parois. Aucun de ses geôliers ne fit mine de venir le délivrer. Ils ne lâchaient pas Éthan du regard. Face à lui, Adalie pétrissait machinalement une longue racine en forme de fouet. Nayati était derrière l'enfant, ses mains se désagrégeant comme du talc. Le rapace, qui était revenu se poser sur son épaule, poussa un cri en secouant de gauche à droite sa tête perforée de tubes fuselés. Après un vol désordonné, il vint se jucher sur l'une des poignées métalliques de la

chaise d'Adalie. La femme-poisson ne cilla pas.
Elle s'adressa à l'enfant d'une voix assourdie. Maïk
se coula contre la vitre pour mieux écouter par
les trous d'aération ce qui allait se dire.

— Tu as sept ans aujourd'hui, Éthan. Sept ans.
Sedna me l'a dit.

De sa geôle incurvée, Maïk vit les traits du
cambion se raidir.

— Déjà ? gronda-t-il. Ce n'est pas possible ! Il
me restait deux jours.

— Plus maintenant, l'informa posément Adalie.

L'incompréhension creusa le visage du garçon
obèse, ceint de mèches plus désordonnées que
jamais. Il réussit néanmoins à esquisser un sourire
tordu par des tics de la mâchoire.

— Il faut que je voie la maîtresse des animaux
marins, affirma l'enfant.

— Mais bien entendu, consentit Adalie. Elle est
déjà ici, prête à te recevoir.

Maïk vit Éthan frémir, puis faire quelques pas en
direction de sa prison. Les yeux dorés du cambion
brillèrent d'un éclat farouche. Un long remous
agita les ruisseaux qui se ramifiaient sur le sol de
la guérite. Des algues effilées se hissèrent des eaux,
enchevêtrées de perles d'huîtres et de fragments
d'écrevisses. Éthan s'inclina sur l'un des amas de
varech, qu'il caressa du bout des doigts. De sa
voix stridente, l'enfant clama :

— Tu sais que le pardon n'est plus possible,
Sedna. Il ne l'a jamais été depuis que tu es devenue
la maîtresse des animaux marins. C'est ton désir
de vengeance qui t'a donné un tel pouvoir sur les
éléments. C'est à lui que tu dois ta puissance, ta
souveraineté sur l'archipel. Je suis venu raviver ta

haine. La magnifier. T'offrir celle que je porte en moi. Celle que j'ai emmagasinée depuis ma naissance en tirant plaisir du malheur des autres. En échange de quoi...

Maïk continuait d'observer la scène, de plus en plus troublé. Nayati s'approcha de l'enfant, qu'il bâillonna avec sa paume. Le garçon le mordit jusqu'au sang, en avalant avec avidité le liquide vermeil qui s'échappait de la plaie. Le vieil homme le lâcha tandis qu'Éthan l'insultait. Adalie baissa les yeux, Olof toujours perché sur l'accoudoir de son fauteuil. Agenouillé sur le sol, le père de la maîtresse des animaux marins haletait, le visage défait par la douleur et la tristesse. Éthan se désintéressa finalement de lui. En clopinant, Nayati se dirigea vers le bassin où reposait la baleine éventrée. Il disposa maladroitement fioles et outils devant la cuve, en tournant le dos au cambion.

Éthan lissa de nouveau un agrégat d'algues entre ses doigts. Stupéfait, Maïk distingua plusieurs tiges de varech qui s'entortillaient autour des chevilles et des avant-bras de l'enfant-diable, comme si elles l'évaluaient. Les plantes emmêlées adhérèrent aux vêtements du cambion, qu'ils firent glisser sur ses jambes. Sa combinaison coulissa sur ses chairs boudinées. Les végétaux, comme autant de phalanges moites, se suspendirent à son sous-vêtement, qu'ils arrachèrent. L'enfant, entièrement déshabillé, exhiba sa nudité avec une attitude frondeuse. Au bas de sa colonne vertébrale, un appendice caudal, semblable à une queue de lézard séchée, battait l'air insolemment. L'entrelacs d'algues caressa la protubérance, qu'elle enroba de filaments détrempés.

— En échange de ma haine, dit Éthan d'une voix assurée, tu m'offriras la longévité. Comme tu l'as offerte à tes servants. Une existence à t'honorer, à pousser les gens au vice autour de moi. À les collectionner pour toi, afin de te les offrir. C'est promis.

Un gloussement secoua la poitrine du garçon. Impuissant, Maïk suivit du regard Adalie, qui immobilisait son fauteuil à quelques centimètres de l'enfant. Un cri semblable à celui d'une baleine surgit des souterrains.

— La maîtresse refuse ton offre, l'informa la jeune femme.

Elle repoussa l'enfant à l'aide de sa queue de poisson. Déséquilibré, Éthan chuta sur le sol, entravé par les algues. Un peu surpris, Nayati se retourna brièvement vers le cambion, avant de continuer à nettoyer ses instruments. Les plantes aquatiques se resserrèrent autour de la taille de l'enfant, de plus en plus luxuriantes. Avec effroi, Maïk distingua une masse de varech qui s'agglutinait sur les membres du garçon. La bouche d'Éthan s'ouvrit et se referma. Les yeux de l'enfant-diable se noircirent de colère et d'incompréhension. Le cambion tenta de cracher. Mais les végétaux muselèrent plus étroitement son crâne.

Les poings serrés, Maïk vit un filament d'algues s'introduire dans la bouche de l'enfant. Des spasmes secouèrent sa poitrine grasse. La salive ruissela jusqu'à son torse. Sans succès, Éthan essayait de recracher les plantes, qui s'engageaient toujours plus avant dans sa gorge. Le varech coulissa entre ses lèvres et plongea en direction de son estomac.

Maïk ferma les yeux, dégoûté. Quand il les rouvrit, d'autres amas luisants entraient dans la mâchoire distendue du cambion. Le corps d'Éthan trépida. Les végétaux le ramenèrent en position debout, comprimant les jambes bleuies de l'enfant-diable. À découvert, ses fesses remuaient, sa queue de lézard fouettant l'air désespérément.

Les algues poursuivirent leur va-et-vient dans la gorge d'Éthan. Le sang aspergea les végétaux étrécis qui fouaillaient ses organes. Avec horreur, Maïk vit plusieurs filaments disparaître à l'intérieur de la cage thoracique de l'enfant. Il martela les parois de sa prison jusqu'à ce que ses jointures rougissent. Mais la vitre résista.

Le ventre déjà imposant du cambion se ballonna davantage. Il se distendit comme si les plantes aquatiques fourrageaient entre ses viscères et ses intestins. Éthan poussa un gémissement impuissant. Le varech émergea entre ses fesses, souillé d'hémoglobine et d'acides gastriques. Les tiges poursuivirent leurs oscillations entre sa bouche ouverte et son arrière-train. Les algues suintaient de matières organiques, qui giclaient sur le sol de la guérite. Maïk se sentit près de défaillir. À travers un voile, il vit le corps d'Éthan se relâcher. Enfin. La tête du garçon chut sur sa poitrine sanglée de plantes hérissées.

Adalie se pencha vers l'enfant. Sa lèvre inférieure tremblait. À l'aide de sa nageoire, elle poussa le cadavre d'Éthan dans un bassin qui paraissait exempt d'occupants. L'eau se chargea de grappes rosies. Nayati la rejoignit. Un pâle sourire se peignit sur sa bouche.

— Enfin. Elle n'a pas voulu nourrir davantage sa haine. Son ressentiment arrive peut-être à son terme, comme je le pressentais.

Olof se percha sur le bord de la cuve, à l'affût.

— Je l'espère, répondit Adalie. Mais je n'en suis pas certaine. En tout cas, elle n'a pas voulu de cet enfant malveillant. De toute manière, il était condamné à mourir le jour de ses sept ans. Aussi bien qu'il meure par ses mains.

Nayati opina, les épaules moins voûtées que de coutume. Il jeta un regard en direction de la geôle de Maïk. L'homme-oiseau l'entendit murmurer du bout des lèvres à son intention :

— Nous reviendrons bientôt.

Puis la moitié des lampadaires de la guérite s'éteignirent. Une lueur blafarde drapa la cellule du prisonnier. Maïk perçut les clapotements des animaux marins, tout près, ainsi qu'un bruit de mastication humide. Il frissonna. En boucle, il imaginait Éthan, les organes saillants, dans lesquels allaient et venaient les algues écarlates.

Mémoires de Maïk, fils de Mitiling

25 ou 26 septembre

J'ai perdu la notion du temps dans les méandres de Nerrivik. Je présume que c'est la nuit, étant donné le silence de l'endroit. Dans une tentative pour me départir de mes craintes, je me suis décidé à écrire dans mon journal. À consigner ce témoignage en guise d'ultime souvenir, pour les miens, en mémoire de ma mère et de ma chère Irmine. Car je doute de plus en plus de sortir vivant des dédales qui se déploient sous l'île du Chat.

Les bassins bourdonnent dans la pénombre, menaçants, illuminés d'éclats vacillants. Un luminaire est suspendu au-dessus de la corniche où je me suis mis à l'abri, même si le niveau d'eau a considérablement baissé. De temps à autre, je distingue un clapotement dans l'une ou l'autre des cuves avoisinantes. Je sais que la baleine et son petit sont quelque part en face de moi. Je préfère leur présence à la vision du corps empourpré d'Éthan, désagrégé par les algues.

Je dois confesser un souvenir, dans l'éventualité de ma mort prochaine. Un aveu que je n'ai jamais osé faire à quiconque. Que j'aurais aimé révéler à ma grand-tante, si elle avait accepté de descendre avec moi vers le Sud. Elle connaissait si bien les foudres de Mitiling. D'une certaine manière, en admettant mes fautes dans ce journal avec lequel elle m'a appris à lire, c'est à elle que je me confie. Ensuite, je rallierai en pensée les rainures creuses du cimetière de mes ancêtres, sur le massif. Je rejoindrai cet endroit où le sort s'est joué.

Mon père avait l'habitude de visiter la tombe de ma mère à chaque lune ascendante, après le festin de mokushan. Encore barbouillé de gras et de moelle de caribou, il sortait dans la nuit, souvent en ma compagnie, les bras emplis d'objets scintillants. Il les déposait dans les entailles du rocher où gisaient des centaines d'ossements carbonisés par l'orage. Ce mausolée m'a toujours fasciné et effrayé à la fois. Des murmures montaient parfois des rainures, semblables à des échos venteux particulièrement sinistres. Enfant, je pensais que le massif hébergeait une horde de revenants. Ni Mitiling ni ma grand-tante ne m'ont jamais détrompé. De temps à autre, racontait-on, des cérémonies macabres se tramaient sur le versant de la montagne. Des grappes d'oiseaux fugitifs s'élançaient en criant vers les crêtes de granit. J'abordais donc les lieux avec une pointe d'appréhension, malgré le passage des années.

J'avais dix-huit ans lorsque mon père est allé honorer la mémoire de ma mère pour la dernière fois. Nos deux lampes frontales éclairaient la toundra, parée de teintes estivales. Le vent secouait les sommets et essayait de déraciner la végétation rivée aux rochers. Mais son chant m'indifférait : je revoyais en boucle la nuit de la veille, les larmes de ma grand-tante. Comment mon père avait-il pu m'obliger à faire cela ? Malgré mon refus persistant, Mitiling m'avait forcé, sous la menace de son bâton de vigile, à m'unir avec Irmine, mon incapacité à concrétiser l'acte témoignant de la force de mes réticences.

Amer, j'avais regardé mon père s'avancer en silence vers le cimetière des ancêtres. Il s'est incliné devant la rainure dans laquelle les ossements de ma mère reposaient, afin d'y déposer des pierres miroitantes. Son visage possédait cette expression farouche qui m'était familière, cette intransigeance qui m'avait toujours pétrifié. Il m'a encore une fois blâmé de ne rien tenter pour sauver de l'extinction les miens, de n'être même pas capable d'honorer une femme.

La brume s'est soulevée derrière le mausolée des anciens. Puis un craquement a retenti. Des éclairs ont zébré le ciel de leurs arcs fugaces. Le tonnerre, amplifié par les montagnes, a absorbé le silence. Lentement, mon père a relevé le visage vers la brume, de plus en plus compacte. Ma première pensée a été, tant le brouillard répandait une teinte d'ivoire, que les ossements de nos aïeux s'étaient mêlés à l'eau en suspens. Mais j'ai rapidement discerné les spectres des ancêtres. Ils enserraient Mitiling entre leurs bras de fumée et d'orage. J'ai poussé un cri avant d'essayer de m'enfuir. Mes jambes se sont dérobées sous mon poids.

En claquant des dents, j'ai vu, confondu, les anciens poser leurs paumes, frémissantes d'éclairs, sur mon père. L'un d'eux, qui portait un pendentif étincelant, a dit : « La haine de la maîtresse n'est pas étanchée. » Mitiling a commencé à convulser.

De l'écume a jailli de sa bouche. Une odeur de chair brûlée m'est montée au nez. Les éclairs ont ricoché par dizaines sur le corps de mon père. J'entendais les morts répéter : « Notre règne ne doit pas se terminer ainsi. Les baleines incarnent la vie. » Le brouillard s'est densifié, de plus en plus obscur. Les effluves roussis sont devenus plus vifs. La paille des cheveux de mon père s'est enflammée tandis que les éclairs pleuvaient de plus belle sur ses vêtements embrasés. Le spectre au pendentif ne le quittait pas des yeux.

Je suis resté là, figé, pendant qu'il se consumait. La peur et l'impuissance tétanisaient mes membres. Mais je savais en moi-même ce que je ressentais à ce moment précis : un sentiment de libération. Le droit d'être enfin celui que j'étais. Et aussi, sans que je puisse me l'expliquer tout à fait, une impression de justice. Mon père, le dernier homme-oiseau non métissé incarnant les principes répréhensibles de certains anciens, était rappelé dans les rainures creuses du massif. Irmine me dirait par la suite, dans une volonté de me consoler, que Mitiling avait seulement été malchanceux d'avoir été frappé par la foudre. Que de tels accidents arrivaient, même aux hommes-oiseaux.

Mon père, avant d'aller te rejoindre, ce soir ou demain, je voudrais te demander pardon. Pardon de m'être réjoui, d'une manière, de ta mort aux abords de l'astroblème. J'ai peur, seul dans les profondeurs, dernier des miens. Des nôtres. Homme-oiseau si loin des monts qui l'ont vu naître. Homme-oiseau que personne ne pleurera lorsque le silence se refermera une ultime fois.

7

Celui qui lutte

Les lumières crépitèrent au-dessus des bassins assombris avant de s'ouvrir. Maïk sursauta, peu rassuré. Il se redressa sur la corniche, le dos endolori. La coupole hermétique coulissa avec un bruit mat. Une bouffée d'air froid s'infiltra dans la geôle de l'homme-oiseau. Il sonda les environs, son sac comprimé contre sa poitrine. Nayati s'approcha de sa prison d'une démarche traînante.

— Il est temps, énonça le vieillard en tendant sa main parcheminée à Maïk.

Des particules de poussière se répandirent sur sa peau d'ours et sur le plancher. Le prisonnier tituba avant de s'extirper du bassin d'un seul bond.

— Je suis désolé de t'avoir obligé à te baigner dans les débris d'impactites. Le contact avec les poussières météoritiques est nécessaire pour voir et pour entendre ma fille. Afin que sa voix traverse les âges.

Maïk plissa le front.

— Pourquoi avez-vous fait ça à Éthan ? s'exclama-t-il.

— Il n'y avait pas d'autre solution, se justifia le vieil homme. Sa malveillance aurait eu de graves conséquences. Pour une fois que ma fille refuse de nourrir sa haine.

— Mais ce n'était qu'un enfant…

— Pas n'importe quel enfant. Un enfant voué au mal. Mais Sedna est prête à te recevoir. Suis-moi.

Dépassé par les événements, Maïk accompagna Nayati jusqu'à l'entrée de la guérite où Adalie les attendait dans son fauteuil. Perché sur l'un des accoudoirs, Olof guettait l'extrémité de la nageoire de la femme-poisson, qui fouettait l'air de manière irrégulière. Adalie affichait une expression solennelle.

— C'est le moment, murmura-t-elle à l'intention de Maïk. Tu vas être reçu pour de bon à Nerrivik.

Nayati désigna une ouverture dans la glace. Après un instant d'hésitation, Maïk s'y engagea en pensant aux paroles de ses ancêtres dans le cimetière. *La haine de la maîtresse n'est pas étanchée. Notre règne ne doit pas se terminer ainsi.* Il devait au moins cela aux siens… Adalie fermait la marche, suivie par sa traîne de racines. L'homme-oiseau crut voir des spectres glisser sur les parois cristallines, la bouche tordue en rictus de souffrance. Il fit un pas vers l'arrière avant de se ressaisir. Les murmures des profondeurs s'assagirent à la manière des sifflements d'une brise matinale. Le jeune homme se sentit enveloppé dans une épaisse couverture de duvet, semblable au nid dans lequel il dormait, enfant.

Il émergea, prudent, dans une pièce au toit cintré, constitué de gigantesques côtes de baleines. Des centaines de cornes de narval perçaient la glace tels des glaives. Les murs brillaient d'un puissant éclat, mouchetés de sable mêlé de minuscules cristaux. Comme dans la guérite, des canaux épars fissuraient le sol, à l'intérieur desquels gigotaient crabes et têtards. Au centre d'une estrade en pierre polie, un fauteuil crevassé par les marées attendait son occupant. L'homme-oiseau retint son souffle. Qu'est-ce qu'il allait rencontrer *exactement* ?

Derrière le trône sculpté par l'érosion, un frémissement attira l'attention de Maïk. Avec souplesse, un jeune homme émergea de l'arrière du siège, vêtu d'une éblouissante cuirasse de soldat bardée de sédiments. Un pendentif serti d'une pierre météoritique ornait son cou joliment dessiné. Le garde tenait une lance entre ses doigts effilés, sur le manche de laquelle pendaient avec grâce des lanières de peaux tannées. Il y avait longtemps que Maïk n'avait pas croisé quelqu'un d'aussi séduisant ; que faisait-il dans les méandres de ce palais voué à la vengeance ?

Adalie approcha son fauteuil du nouveau venu, visiblement heureuse de le revoir.

— Valère ! Je ne savais pas que tu serais des nôtres. Je pensais que tu t'occupais de l'entretien du cimetière marin.

Le visage pâle de Valère s'illumina, devenant encore plus attrayant. L'homme-oiseau déglutit.

— J'ai reçu ses ordres, répondit le garde. C'est moi qui serai son hôte.

Nayati laissa fuser un hoquet de surprise qui n'échappa pas à Maïk. Peut-être s'attendait-il à ce que la rencontre se fasse par l'entremise de la jeune femme.

— Je te présente Valère, un autre des servants de
la maîtresse, dit-il après s'être ressaisi. Avant de devenir garde au palais, il était le prétendant d'Adalie.
C'était à l'époque où nous vivions tous les trois sur
l'île Kanty.

Maïk hocha la tête, incapable de cesser de détailler Valère. Les cheveux cuivrés et la silhouette
svelte du garde lui rappelaient de plus en plus le
jeune homme qu'il avait autrefois épié sur la passerelle de l'arche. Valère avait la même souplesse,
des muscles anguleux, des jambes fermes et élan-
cées. Il dégageait une énergie troublante à laquelle
l'homme-oiseau avait envie de s'abreuver…

Soudain, Maïk vit le jeune homme perdre pied.
Valère plaqua ses mains sur son visage. Sans prévenir, il s'écroula sur le trône fendillé. La bouche
d'Adalie s'ouvrit tandis qu'elle s'approchait de lui
avec son fauteuil, impuissante. Des dizaines de
crabes et de têtards entourèrent la silhouette af-
faissée du garde. Des pinces s'agrippèrent à sa chair.
Sur son armure, les embryons d'amphibiens remuaient. Le regard de Valère se renversa alors qu'il
échappait sa lance à côté du trône. Des convulsions
l'agitèrent pendant que les crustacés recouvraient
chaque parcelle de son corps. Maïk se précipita.
Il ne laisserait pas le jeune homme souffrir, comme
celui de l'arche, sans intervenir. Cette fois, il agirait,
ne resterait pas passif à craindre les remontrances.

L'homme-oiseau s'approcha du trône à grandes
enjambées. Le vieil homme le semonça.

— Ne t'interpose pas. Sedna a presque fini de
prendre possession de lui. Il sera son hôte et sa
voix.

Maïk serra les poings. Peu à peu, le claquement des pinces s'espaça. Crabes et têtards coulèrent jusqu'au sol, avant de disparaître dans les crevasses du plancher. Sur l'estrade, Valère inspira longuement, les membres agités par de faibles spasmes. Au prix d'un effort, il réussit à se redresser sur le trône, le dos droit, les yeux aussi noirs que l'encre des calmars. Adalie se mordit les lèvres, ses doigts de racines et de métal caressant machinalement le plumage du rapace.

Pendant plusieurs secondes, le regard de Sedna s'attarda sur Maïk, comme si l'aspect de l'homme-oiseau l'étonnait, que son visiteur ne ressemblait pas à l'image qu'*elle* s'était faite de lui. Puis une voix puissante s'éleva dans la salle souveraine.

— Maïk, articula Valère. Je t'attendais depuis longtemps. Il est temps d'en finir avec la malédiction qui a décimé les vôtres. La vengeance doit parvenir à son dénouement. Les éléments sont en place.

L'homme-oiseau hésita. En pivotant sur lui-même, il remarqua qu'Adalie avait les yeux baissés et que Nayati évitait son regard. Se pouvait-il que le vieil homme l'ait amené ici pour le sacrifier ? L'obligerait-on encore à agir comme à l'époque où il était le pantin servile de Mitiling, un fils docile et soumis ? Il ne laisserait pas vaincre le ressentiment, cette fois. Non, il n'en était pas question.

Pour s'en assurer, il s'immobilisa devant le trône et tendit la main à Sedna, qui refusa la politesse.

— Nous n'étions pas tous des criminels, lança-t-il à son intention. Ma grand-tante Irmine, par exemple, a toujours été généreuse et aimante. Pacifique. Et toute la lignée de Gérène. Tous les miens ne peuvent être ramenés à une équation aussi simple.

Valère regarda Maïk avec intérêt, ses yeux d'ébène nimbés d'un faible rayon de lumière. Une nouvelle fois, l'homme-oiseau tendit la main au garde, une expression contrite sur les traits. Jamais il n'aurait souhaité faire de mal à Valère. Au contraire...

— Je suis désolé pour ce que ces hommes-oiseaux t'ont fait, dit-il en s'éclaircissant la voix. Sincèrement. Je ne suis pour rien dans ces vieilles querelles. Je suis né parmi leurs vestiges. Si je le pouvais, j'effacerais les anciennes fautes des miens. Et celles de mon père, qui a heureusement échoué à me transmettre sa haine. Je n'ai jamais séquestré personne dans la maison haut perchée. Encore moins violé quelqu'un. Homme ou femme. Même si mon attirance personnelle m'avait dirigé vers les femmes, jamais je ne leur aurais fait de mal. Jamais. Ni à quiconque. Je...

Le garde hésita. Il darda ses iris, à présent gris comme de la cendre, sur Maïk. L'homme-oiseau vit sa pomme d'Adam frémir au-dessus du pendentif qui enjolivait son cou. Nul doute, Sedna ne s'attendait pas à ce que l'ultime descendant de l'arche lui tienne un discours semblable.

Du coin de l'œil, l'homme-oiseau remarqua qu'Adalie et le vieil homme les regardaient en retenant leur souffle. L'enfant de Nayati demeura silencieux un moment.

— D'une manière, je suis comme toi, finit par admettre Sedna, toujours avec la voix de Valère.

Mon père m'a mis devant le fait accompli. Parce qu'il voulait avoir une petite fille, qu'il aimait coiffer mes longs cheveux près du feu. Alors que j'étais *aussi* son fils. Il ne m'a jamais laissé exprimer ma nature véritable. Celle que j'aurais moi-même choisie. J'ai toujours été convaincu que c'est l'une des raisons pour lesquelles il m'a sacrifié.

Maïk toisa le vieillard, qui sembla s'affaisser sur lui-même. Olof piaula, rapidement muselé par Adalie, dont le regard vacillait.

— Je pensais que tu serais plus heureuse… heureux ainsi, murmura Nayati à l'intention de Sedna. Que… Que tu aurais des enfants dans les monts Groulx, qu'ils viendraient rendre visite à leur grand-père de temps à autre à Makkovik. Je sais que j'ai été égoïste. Égoïste et cupide. Et que, même si je n'étais pas complètement moi-même à cet instant, dans la barque, j'ai agi de façon impardonnable quand les hommes-oiseaux sont venus te reprendre. J'aurais dû lutter à ce moment-là. Au lieu de passer une éternité à lutter.

Entortillé dans sa peau d'ours, Nayati s'écroula sur le sol glacé devant le regard interloqué de l'homme-oiseau. La respiration du vieil homme devint sifflante. De la poussière perla de ses yeux rougis et de ses tatouages-fossiles. Les paumes de plus en plus effritées, Nayati commença à hoqueter.

Maïk arracha une plume de sa chevelure et la guida jusqu'au visage de Valère. Le duvet sinua avec délicatesse sur l'arc de la mâchoire du garde. Puis, lentement, la paume de Sedna effleura la main de l'homme-oiseau. S'y posa, incertaine. Maïk lui sourit, l'encouragea à poursuivre.

Les iris de Valère s'éclaircirent, d'un gris semblable à un banc de brouillard. Ainsi, l'enfant de Nayati comprenait finalement à qui il avait affaire. S'inclinait devant leur fascination mutuelle.

Les perceptions de Maïk se brouillèrent, comme si un mirage se superposait à sa vision. Il crut voir les cheveux du jeune homme s'allonger, denses et interminables, d'un noir d'ébène. Le garde l'attira vers lui avec une tendresse empreinte de maladresse. Il ne portait plus qu'un sous-vêtement de lin. Des seins, ronds et menus, soulevaient sa poitrine au rythme de sa respiration hachurée. Des mèches les entouraient de leurs boucles épaisses, l'une d'entre elles effleurant la pointe d'un mamelon dressé.

Maïk, ému, laissa la plume caresser les contours du songe. Les lèvres de Valère bruissèrent de manière quasi imperceptible.

— Pour toi, je serai son fils. J'ai attendu longtemps celui qui me dirait « Il ».

La chaleur inonda le thorax de l'homme-oiseau. Solennellement, Maïk serra les mains du garde, après avoir déposé sa plume à côté de lui. La température de la salle s'éleva. Maïk sentit la réceptivité de ses terminaisons nerveuses décupler en même temps que le mirage devenait plus tangible. Une onde ardente balaya ses ultimes remparts. Submergea son esprit.

Fiévreusement, l'homme-oiseau se pressa contre Valère. L'haleine du garde, au vague parfum de fumée, lui frôla le visage. Maïk embrassa Valère avec fougue, enivré par le goût de sa salive.

Sans détacher ses lèvres des siennes, Maïk caressa les épaules, puis le torse du garde, avant de descendre sur ses côtes. Le sous-vêtement de Valère se tendait. L'homme-oiseau effleura le tissu du revers de la paume et commença à masser le caleçon, fasciné par ses propres gestes. Du coin de l'œil, il aperçut Adalie. Ses écailles chutaient parmi les racines déchiquetées qui pendaient de son fauteuil. À ses côtés, Nayati crachait, un nuage de poussière entassé à ses pieds.

À l'étroit dans sa combinaison de duvet, le sexe de Maïk l'élançait. Percevant son inconfort, l'enfant de Nayati le libéra de ses habits, puis caressa son membre de haut en bas, une expression bienveillante sur le visage. Attisé, Maïk regarda son pénis gorgé de sang aller et venir dans la main souple de Valère. De l'autre, le garde soupesa les testicules de l'homme-oiseau, qu'il pressa légèrement au creux de sa paume, son index s'attardant à la naissance de ses fesses.

La chaleur devenait insupportable, elle montait à la tête de Maïk comme si les parois d'un volcan l'enserraient. Des visions de brasiers se succédaient dans son esprit, éclataient au sommet de massifs situés au cœur de l'hinterland.

Avec fébrilité, Maïk fit glisser le caleçon de Valère sur ses cuisses noueuses. Il avait tellement attendu cette communion absolue. Les mains de l'homme-oiseau enveloppèrent le pénis délicat du garde. Curieux, il palpa le mirage, s'attardant sur le sexe féminin de Sedna, entrouvert. Du revers de la paume, il caressa simultanément les deux organes, jusqu'à ce que son poignet devienne humide. Valère gémit, incurvant le bassin au rythme de ses mouvements. Ses petits seins vaporeux aux mamelons frondeurs, surmontés du collier scintillant, s'érigeaient au-dessus de son ventre plat, traversé par une fine rayure de poils blonds.

La chaleur de son amant, bouillonnante, grisa Maïk. Il lécha les lèvres de Valère tandis que son regard gris pâle, presque blanc, défaillait. Dans les iris de Sedna, l'homme-oiseau discerna l'éclat fugace d'une larme. Elle ploya, languissante, sur sa joue. Maïk recueillit amoureusement la gouttelette brûlante sur sa langue, avec l'étrange impression de s'abreuver à même un incendie.

Par centaines, des gouttelettes tombaient de la voûte en train de fondre. Plusieurs grésillaient lorsqu'elles s'échouaient sur les corps recroquevillés d'Adalie et de Nayati, qui crachaient toujours squames et poussières sur le plancher.

Valère se leva, le corps constellé par la sueur et les gouttelettes qui fuyaient du plafond. La température s'éleva davantage, accompagnée d'un long sifflement. Quelque part, le vent se frayait un passage. Bercé par ses accents, l'homme-oiseau se coucha sur le ventre, le bassin redressé sur les accoudoirs du siège royal. Il perçut un froissement humide, à la fois aquatique et végétal, qui s'attardait sur la courbe de ses reins. Des algues imbibées d'eau de mer sinuèrent sur ses fesses. L'amas coulissa de haut en bas jusqu'à ce que l'excitation devienne irrépressible.

Maïk geignit de plaisir. Son amant se plaça derrière lui, les mains à plat sur ses hanches mouillées de pluie. L'homme-oiseau sentit le lent tressaillement d'un sexe qui se frayait un passage dans l'ouverture étroite. Communiait dans l'intimité des corps et des esprits. Ému, il se mordit les lèvres. Ses râles se mêlèrent à ceux de Valère, pendant que ses mains palmées caressaient son propre sexe.

La vision dilatée par la chaleur, Maïk vit un mur de glace s'affaisser près de Nayati, libérant des trombes liquides. Ainsi, c'était vraiment la haine qui les avait maintenus en place...

À travers la pellicule sablonneuse, l'homme-oiseau aperçut le visage émacié du père de Sedna. Sa bouche n'était plus qu'une crevasse. Ses yeux s'étaient creusés, orbites désagrégées par l'érosion. Mais le vieillard souriait au fur et à mesure qu'il s'effritait. L'homme-oiseau l'entendit répéter : « Enfin cesser de lutter. »

Près de Nayati, Adalie avait toujours les traits tendus par la souffrance. Olof voltigeait dans tous les sens en poussant des cris aigus. À chacun de ses mouvements, du pus jaillissait des tubes plantés au sommet de son crâne.

L'homme-oiseau voulut s'écarter de son amant. Ils devaient quitter cet endroit dès maintenant, sinon la noyade les guettait. Mais Valère l'attira plus fermement en lui murmurant que la vengeance était presque parvenue à son terme. Ses cheveux de mirage coulèrent sur leurs jambes et leurs bras. De nouveau, Maïk se sentit enveloppé d'un duvet réconfortant. Une sensation de plénitude engourdit ses membres en même temps qu'une averse vive. Il jouit sur le trône en une flaque abondante. Entre ses fesses, le gland de Valère durcit, suivi d'une saccade brûlante. Maïk serra le ventre, incertain.

Autour de l'homme-oiseau, la pièce continuait de se liquéfier. Nerrivik serait bientôt inondée... Valère et lui devaient remonter immédiatement !

Il tendit ses bras au garde.

— Viens avec moi.

Un flot bouillonnant s'éleva jusqu'au trône. Effaré, Maïk distingua le bruit d'une voûte en train de s'effondrer. Valère le fixa droit dans les yeux.

Les craquements des fresques décuplèrent. Maïk vit Valère approcher le pendentif brillant de son cou, avec des gestes attentionnés. Son amant attacha le fermoir. Leurs mains se lièrent, enchevêtrées de longues mèches d'obsidienne intangibles. Maïk entendit l'enfant de Nayati lui dire :

— Je n'aurais jamais pensé que tu étais ainsi. Merci.

L'homme-oiseau fut brusquement projeté vers le plafond éventré. Ses mains fouettèrent l'air, essayèrent de s'agripper à Valère. Il ne réussit qu'à saisir un objet longiligne. À travers l'écume tourbillonnante, Maïk était incapable de repérer son amant. Il ne voyait ni Nayati ni Adalie, rappelés dans les profondeurs sous-marines.

Un puissant remous l'entraîna en direction de la voûte, presque entièrement dissoute. Le corps de Maïk brisa la fine paroi de glace, alors qu'il était propulsé à grande vitesse. Ses poumons s'emplirent de liquide dans une douloureuse sensation d'étouffement. Des bulles éclatèrent autour de sa tête.

Les bras et les jambes de l'homme-oiseau se débattirent dans le liquide, qui fustigeait sa peau comme une pluie de poussières météoritiques. La force de l'ascension décupla. Désorienté, Maïk tendit désespérément les bras vers l'avant. L'eau se faufila une nouvelle fois dans ses poumons asphyxiés. Il avait l'impression d'être aspiré dans un boyau bouillant, la vision brouillée par une multitude de sédiments. Jamais il ne trouverait la surface...

Le remous projeta l'homme-oiseau plus vite et plus haut. Il eut la sensation de fracasser une vitre. La froideur des vagues le cingla. Ses bras crevèrent les embruns. En toussant abondamment, Maïk émergea, d'abord incapable de voir ce qui l'entourait. Les yeux rougis par le sel, il distingua enfin, à quelques mètres de lui, un rocher en forme de crâne de baleine. Avec ses ultimes forces, il se traîna jusqu'au dôme de granit. Il y resta allongé plusieurs minutes, jusqu'à ce que son souffle reprenne un rythme régulier.

À l'horizon, la jetée du village et son quai aux nombreux bateaux amarrés s'étendaient. Maïk s'assit sur la surface lisse. Seuls les remous de quelques animaux marins, qui s'éloignaient dans l'archipel, troublaient la quiétude du golfe. En refermant une main sur la lance de Sedna, qu'il avait réussi à agripper avant d'être expulsé de Nerrivik, il songea à son père vigile. Le cœur serré, il sonda le Saint-Laurent, sur lequel surnageait une fine pellicule de cendres. Il avait peine à croire que c'était tout ce qui restait du palais... et de celui qu'il venait d'étreindre.

Maïk baissa les yeux vers la lance. L'une des lanières s'était entortillée à son poignet. Au bout du bâton du garde, sur la lame, une plume brunâtre était coincée. Il la détacha soigneusement.

L'homme-oiseau secoua la tête en songeant aux ultimes paroles de Sedna. Le fils de Nayati s'était finalement apaisé, désormais allié aux éléments qu'il avait déchaînés. Il avait fusionné avec l'oubli, comme les habitants de Nerrivik, libérés de la haine qui avait si longtemps maintenu le palais en place. Grâce à lui… Sa gorge se noua.

De sa main libre, Maïk caressa le pendentif offert par Sedna. Une interminable mèche noire y était enchevêtrée, se déployant comme une algue. Les cheveux étaient encore brûlants.

Remerciements

Le travail sur ce roman s'est échelonné sur plusieurs années. Il n'aurait pas été possible sans de fidèles complices, dont:

L'inséparable Frédérick

Jean Pettigrew et l'équipe passionnée des éditions Alire

Hélène Marcotte, ma directrice de thèse à l'UQTR

Les bêta-lecteurs de ce livre, au premier chef mon ami Guillaume Voisine, mais aussi Eve Patenaude et Louis-Thomas Plamondon

Ma bienveillante famille

Les propriétaires des «Excursions Toutes-îles» pour leur visite généreuse de l'archipel de Tête-à-la-Baleine et Daniel du Refuge du Prospecteur (maintenant la Station Uapishka), aux abords de la route 389

Vous, lecteurs de mes livres

Merci

ARIANE GÉLINAS...

... est née à Grandes-Piles en 1984. Elle a publié une cinquantaine de nouvelles dans plusieurs périodiques. Directrice littéraire de la revue *Le Sabord*, elle est aussi directrice artistique, coéditrice et codirectrice littéraire du magazine *Brins d'éternité*. Chargée de cours à l'UQTR, elle y termine également un doctorat sur *Les Mémoires du diable* de Frédéric Soulié. Elle est l'auteure de cinq livres : *L'Enfant sans visage* (XYZ), la trilogie «Les Villages assoupis» (prix Arts Excellence, Jacques-Brossard et Aurora/Boréal) publiée au Marchand de feuilles, et le recueil *Le Sabbat des éphémères* (Les Six brumes). Elle aime (sans ordre précis) la photographie, la randonnée, le Nord et les villages abandonnés. Elle demeure à Trois-Rivières depuis plusieurs années. On peut la suivre au www.herelys.blogspot.com.

LES CENDRES DE SEDNA
est le cinquante-troisième volume de la collection « GF »
et le deux cent cinquante-sixième titre publié
par Les Éditions Alire inc.

Il a été achevé d'imprimer
en octobre 2016 sur les presses de

MARQUIS
Imprimé au Canada

Imprimé sur Rolland Enviro100, contenant
100% de fibres recyclées postconsommation,
certifié Éco-Logo, Procédé sans chlore, FSC
Recyclé et fabriqué à partir d'énergie biogaz.